CWMTEC

Nofel gan

Gareth Miles

Argraffiad cyntaf: Gorffennaf 2002

Rhif Llyfr Safonol Rhyngwladol:
0-86381-773-4

Cynllun clawr: Sion Ilar

Dymuna'r cyhoeddwr gydnabod cymorth
Adran Dylunio Cyngor Llyfrau Cymru.

Cyhoeddir o dan gynllun Comisiwn Cyngor Llyfrau Cymru.

Argraffwyd a chyhoeddwyd gan Wasg Carreg Gwalch,
12 Iard yr Orsaf, Llanrwst, Dyffryn Conwy, LL26 0EH.
℡ 01492 642031
▤ 01492 641502
✆ llyfrau@carreg-gwalch.co.uk
Lle ar y we: www.carreg-gwalch.co.uk

I D.A.J. a'i gyfeillion

Rhagair

Ym mharti Nadolig un o gwmnïau teledu annibynnol Caerdydd rai blynyddoedd yn ôl y soniodd cyfaill o gynhyrchydd wrthyf fod S4C 'yn chwilio am gyfres dditectif'. Holodd a hoffwn lunio ymdriniaeth – dwy ochr A4 yn cynnwys braslun cwta a rhestr o'r prif gymeriadau – y gallai ei hanfon at y Comisiynydd fel y cam cyntaf tuag at ddatblygu'r 'syniad' i fod yn gyfres deledu (neu, efallai, yn ffilm 90 munud a chyfres 50 munud x 6 i ddilyn).

'Ma' pawb isio byw,' chwedl y Cofis, a bu hel meddyliau ynglŷn â'r prosiect arfaethedig yn fodd i'm cadw rhag hurtio'n llwyr yn ystod segurdod anorfod Gŵyl y Geni'r flwyddyn honno. Ddechrau Ionawr, prynais lond dau gwdyn Tesco o nofelau clawr papur Saesneg ac Americanaidd oddi ar stondin lyfrau ail-law yn Neuadd y Farchnad, benthycais rai clawr caled o Lyfrgell y Dref, a thyrchais am weithiau dau feistr – Cymro a Belgiad, John Ellis Williams a Simenon, o gilfachau llychlyd fy llyfrgell bersonol, annosbarthus.

Rhestrir bron i ddeugain o asiantaethau dan y pennawd *Detective Agencies* yn ein cyfeiriadur teleffon melyn ni. Yn eu plith ceir *A1 Spy*, *Panther Investigations*, *People Tracer*, *Pimpernel Investigations*, a'r *Sherlock Holmes Detective Agency*. Rhag cael fy arwain ar gyfeiliorn gan ramant enw neu fympwy, ymgynghorais ag aelod o C.I.D. Heddlu De Cymru y bu ei blant yn mynychu'r un ysgolion â'm rhai i.

Eglurodd y Ditectif-Ringyll wrthyf mai o swyddfeydd twrneiod y deillia cyfran helaeth o waith Ymchwilwyr Annibynnol. Awgrymodd fy mod yn gofyn i un o gyfreithwyr y dref enwi ffyrmiau neu unigolion a fyddai'n barod i drafod eu gwaith gyda mi ac i roi cymorth pellach petai'r prosiect yn mynd rhagddo.

Oherwydd y cynnydd brawychus mewn torcyfraith a

thor-priodas mewn cyfresi sebon, mae'n fuddiol i sgriptiwr feithrin cyfeillgarwch â thwrnai sy'n fodlon rhoi cyngor proffesiynol mewn perthynas ag achosion dychmygol yn rhad ac am ddim, neu am bris cwpanaid o goffi. Ers rhai blynyddoedd, pan fydd angen cyngor o'r fath arnaf, codaf y ffôn a rhoi caniad i Olwen Angharad.

Rydym yn gymdogion. Saif yr adeilad y mae fy swyddfa i ynddo ar y gornel lle mae Heol y Farchnad yn fforchio o'r Stryd Fawr. O droi fy llygaid oddi wrth sgrin y cyfrifiadur ac edrych drwy'r ffenestr ac i fyny'r heol honno, gallaf ddarllen geiriau'r arwydd: *Olwen Angharad, Cyfreithwyr/ Solicitors*.

'Ma' 'da fi'r feri dyn ichi,' oedd ateb parod y gyfreithwraig pan eglurais yr hyn a geisiwn. 'Cymro Cymraeg. Un o'ch rhan chi o'r bryd. Ac yn berson gellwch chi ymddiried yn llwyr ynddo fe. Ofynna' i iddo bicio'i mewn 'co'r tro nesa bydd e'n Ponty. Dewi Jones yw'i enw e . . .'

Nid yw fy swyddfa'n fawr ond mae'n ddigon i mi, fy nghyfrifiadur, dwy ddesg, dwy gadair, cwpwrdd ffeilio a channoedd o lyfrau. Pan alwodd Dewi Jones ddeuddydd yn ddiweddarach, llenwai ran helaeth o'r gofod sy'n weddill, hyd yn oed ar ei eistedd. Wedi ychydig funudau o fân siarad am ein cysylltiadau ag Arfon a'n rhesymau dros symud i'r De, awgrymais ein bod yn trafod y prosiect yr oeddwn newydd ymgymryd ag ef dros baned o goffi mewn bracchi cyfagos, *The Prince's Café and Restaurant*, sefydliad a fynychaf ar ôl derbyn sicrwydd gan ei berchennog mai arwr Machiavelli a goffeir ac nid unrhyw ymhonnwr o Sais.

Nid wyf yn deall pam na sut 'mod i'n dod ymlaen gystal gyda milwyr a phlismyn. Bûm yn wrth-filwrol ers dyddiau llencyndod ac yn argyhoeddedig mai cyfundrefn a luniwyd gan ddosbarth llywodraethol Lloegr i ddarostwng a rheoli gwerinoedd a chenhedloedd llai breintiedig yw'r Wladwriaeth Brydeinig. Serch hynny, byddaf yn mwynhau cwmnïaeth rhyfelwyr a heddweision sydd, neu a fu'n gwasanaethu'r gyfundrefn honno'n ffyddlon, ac fe ymddengys nad yw sgwrsio gyda mi'n brofiad beichus iddynt hwy. Ffactorau eraill a barai i Dewi Jones ymddiried ynof oedd mai Olwen Angharad a'n cyflwynodd i'n gilydd a 'mod i, yn ogystal, yn adnabod ei ewythr, 'Dai North', ac yn gyfaill i Tom James.

Treuliais orig ddifyr yn y *Prince's* gyda Dewi y bore hwnnw – y cyntaf o gyfres. Disgrifiodd imi ei waith fel Ymchwilydd Annibynnol a'i yrfa filwrol cyn hynny, rhoddodd atebion llawn a dibetrus i'm cwestiynau, a chydsyniodd gyda brwdfrydedd i weithredu fel ymgynghorydd proffesiynol petai f'ymdrechion yn esgor ar gomisiwn a chynhyrchiad.

Ni ddigwyddodd hynny. Nid oedd fy mraslun cyntaf at ddant y Cynhyrchydd. Soniai'r llith honno am 'Berwyn Bowen, actor prennaidd a fu'n crafu byw am flynyddoedd ar friwsion sebon, theatr mewn addysg a throsleisio, yn ymgymryd â rôl fwy creadigol, defnyddiol a phroffidiol ditectif preifat wedi iddo ddatrys dirgelwch marwolaeth annhymig actores enwog y bu iddi lu o gariadon – rhai gwrywaidd yn ogystal â rhai benywaidd'.

Byddai'r gyfres arfaethedig wedi datgelu'r anniweirdeb, y ffafriaeth deuluol, y llygredigaeth ariannol, y fasnach gyffuriau a'r diogi sy'n rhemp dan wyneb parchus, plentynnaidd a sentimental y Cyfryngau Cymraeg. 'Rhy fewnblyg,' oedd dyfarniad y Cynhyrchydd. 'Ymateb Mrs Jones Llanrug fydde: "Cyfryngis Caerdydd yn dishgwl ar eu bogele'u hunen".'

Erthyl fu'r ail ymgeisydd hefyd, sef, 'Rheinallt ap Rhys, athro Cemeg mewn ysgol gyfun Gymraeg yn y Brifddinas a orfodir i arallgyfeirio wedi i un o'i ddisgyblion, merch ifanc bymtheg oed, ei gyhuddo ar gam o ymddygiad anweddus. Gyda chymorth ei arbenigedd gwyddonol, llwydda "Rap" i brofi ei fod yn ddieuog ond nid heb wneud llawer o elynion ym myd addysg a gwleidyddiaeth. Bydd eu dialedd hwy'n llestair i'w ymdrechion i ddatrys achosion megis cyfres o fân-ladradau, ymosodiadau rhywiol a llythyru dienw, maleisus ymhlith Cymry Cymraeg maestrefi'r Brifddinas a threfi Bro a Blaenau Morgannwg a llofruddiaeth ffiaidd yn un o drefi'r Cymoedd, sy'n ganlyniad i berthynas yr A.S. Llafur lleol â Mossad, heddlu cudd rhyngwladol Israel'.

Ystyriai'r Cynhyrchydd ei hun yn 'dipyn o rebel ac yn ddraenen yn ystlys y Sefydliad' a hoffai'r senario a'r prif gymeriad. Nid felly'r Sefydliad. 'Pwnc rhy sensitif . . . Mae gan addysg Gymraeg, a'r Cymry Cymraeg, tae hi'n dod i hynny, ddigon o elynion. Nid ein lle ni yw gwneud eu gwaith yn haws . . . Byddai'r Sianel yn gofyn am drwbwl petai'n darlledu pennod am ddau A.C. – Pleidiwr ac aelod Llafur, yn cael eu blacmelio o ganlyniad i'r berthynas hoyw a fu rhyngddynt yn y coleg.' Ar y llaw arall, barnai un Comisiynydd dylanwadol nad oedd Berwyn na Rheinallt yn ddigon 'secsi', ac ofnai na fyddai'r sgriptiau'n cyflenwi'r cwota angenrheidiol o 'rympi-pympi'.

Erbyn hynny, roeddwn wedi derbyn comisiwn am gyfres a ddeilliai o'm darfelydd fy hun, a rhoddais wybod i'r Cynhyrchydd y byddai'n rhaid i mi ganolbwyntio ar honno am flwyddyn a rhagor. Cuddiodd ei foddhad gyda'i gwrteisi arferol a chyflwyno ei syniadau i sylw awdur arall. (Bu'r bartneriaeth honno'n fwy ffrwythlon. Lleolir y gyfres, a ffilmir yn ystod Haf 2002, 'yn y Gorllewin'. Deallaf mai'r ddau brif gymeriad yw cyn-uwcharolygydd wedi ymddeol, gŵr gweddw arianwallt, ifanc ei ysbryd sy'n *aficionado* corau meibion a cherdd dant; a'i nai, Ditectif Gwnstabl yn Heddlu Dyfed-Powys sy'n canlyn arlunydd ifanc o Saesnes a gafodd lwyddiant gyda lluniau noeth ohoni hi ei hun ac sy'n dysgu Cymraeg.)

Er nad oedd gobaith y gwelid 'B.B.' na 'Rap' ar y sgrin

fach, daliai Dewi Jones i alw i'm gweld o bryd i'w gilydd. Ymddangosai'n fwy siomedig na mi fod y prosiect wedi ei nacáu. Tybiwn mai oherwydd awydd, digon cyffredin, i fod yn rhan o 'fyd y Cyfryngau' y gresynai, nes iddo ddweud yn y *Prince's* rhyw brynhawn:

'Ma gin i stori wir fasa'n gneud uffar o ffilm dditectif dda. Ond ma' 'na ddwy broblam. Yn gynta, bod hi'n wir. Yn ail, tydi 'Nghymraeg i ddim digon da imi'i sgwennu hi.'

'Sgwenna'n Seusnag. Gyfieitha' i hi.'

'Ma' hi am Gymry Cymraeg. Fasa'r peth yn dipyn o botsh. Y ddwy iaith yn gymysg.'

Rhoddais fenthyg recordydd iddo, un o'r math a ddefnyddir gan newyddiadurwyr i gofnodi cyfweliadau. Ffrwyth hynny yw'r penodau canlynol. Geiriau Dewi S. Jones ydynt yn fy orgraff i. Gloywais a Chymreigiais yr iaith, gyda'i ganiatâd ef a'i anogaeth, ac ychwanegodd yntau, ar fy nghais, atgofion a disgrifiadau at y tâp gwreiddiol. Nid oedd D.S.J. yn rhy hapus pan fynnais olygu'r deunydd crai, er hwyluso rhediad y naratif, eithr cytunodd, wedi iddo astudio'r truth gorffenedig, fod hwnnw 'yn fwy difyr i'w ddarllan fel hyn'.

Am resymau amlwg, newidiwyd enwau pobl a lleoedd.

Yr Awdur

Pennod 1

'Pam nad ei di i'r Sowth, i aros efo d'Yncl Dei am wsnos ne ddwy, Dewi?' medda Mam rhyw fora dydd Gwenar. Yn gegin oeddan ni – fi newydd godi, efo 'nhe a 'nhost a ffag – hitha efo'i the deg, yn bwrw ei golwg beunyddiol dros golofna *Hatch, Match & Dispatch* y *Daily Post*. 'Fasa Dei wrth 'i fodd dy weld di. A mi 'nae dipyn o newid les i chditha.'

Ddeudis i ddim byd. Dim ond trio peidio ag edrach yn sarrug.

'Fyddat ti wrth dy fodd mynd ato fo ac Anti Gwyneth, ac Emrys a Dolores, pan oeddat ti'n hogyn bach.'

'Fyddwn i?'

'Cau'n glir a dŵad o'no, y tro hwnnw aeth Dei â chdi ac Emrys i weld Cardiff City'n chwara ffwtbol. A phan aethoch chi i gyd i Barry Island am y diwrnod.'

'Esdalwm oedd hynny, Mam,' medda fi'n gasach nag on i wedi feddwl. 'Esdalwm iawn.'

'Oeddat ti isio mynd i fyw atyn nhw, ar un adag. W't ti'n cofio?'

'Ydw.'

'Frifist ti dy dad a fi'n ofnadwy.'

'Sori.'

Ochneidiodd Mam ac edrach fel tasa hi am ddechra crio.

'Estalwm oedd hynny, Mam,' medda fi eto ond yn llai ymosodol. 'Ma' gymaint wedi newid ers hynny.'

'Do,' medda hitha. 'Gymaint.'

Orffennis i 'nhe a thaflu'r stwmpan i'r tân a chodi i fynd allan am dro rhag tanio eto'n syth bin ond cyn imi symud cam plygodd Mam ei phapur a'i osod o'n dwt ar ei glin. 'Ma' Dei'n unig iawn ers iddo fo golli Gwyneth,' medda hi. 'Pur anaml fydd o'n gweld y plant. Gan fod Dolores yn Yorkshire, ac Emrys yn Ostrelia. Fydd o'n holi amdanat ti o hyd.'

'Be fyddwch chi'n 'ddeud wrtho fo?'

'Bo' chdi wedi'i cha'l hi'n anodd setlo, ar ôl gadal 'Rarmi.'

Gledodd 'ngwynab i.

Gledodd Mam ei llais, 'Fasa brêc bach yn gneud byd o les iti, Dewi.'

Trois i'n gas, 'Un brêc mawr ydi 'mywyd i rŵan, Mam! Waeth imi'n fan hyn ddim nag yn y blydi Sowth!'

Ddyfaris ar unwaith.

Be oedd Mam yn 'i ddeud go iawn oedd, 'Clyw, Dewi. Dwi'n meddwl y byd ohonat ti. Ma'n ddrwg iawn gin i am bob dim sy' wedi digwydd iti, a mi 'na'i bob dim fedra' i i dy helpu di ddŵad atat dy hun, ond ma'r misoedd dwytha' 'ma wedi bod yn straen arnan ni'll dau. Dwi angan hoe fach hebddat ti.'

Welis i bod llgada Mam yn llenwi. Godis i a rhoi 'mraich amdani, 'Sori, Mam. Chi sy'n iawn. Fel arfar. 'Dan ni'll dau angan brêc. A' i am dro i weld 'rhen Dei Sowth.'

'Dwi'm yn dy hel di o'ma, 'sdi,' medda Mam. Er ei bod hi'n gwenu, roedd arna' i ofn i'r dagra lifo.

'Wn i,' medda fi a gwasgu'i 'sgwydda hi'n dynn.

O'n inna'n gwenu hefyd nes i mi feddwl am rwbath. 'Be taswn i'n cael pwl gwael?'

'Fydd Dei'n dallt.' Reit bendant. 'Welodd ynta betha mawr, adag Rhyfal.'

'Soniodd o 'rioed wrtha' i.'

'Soniodd o wrth neb ond dy dad, a chydig iawn wrtho fynta. Ella basa fo efo chdi. Gynnoch chi hynny'n gyffredin. Ill dau wedi bod yn 'Rarmi.'

'Ill dau isio anghofio.'

Tro Mam i ymddiheuro: 'Sori, 'ngwas i. Soniwn ni ddim mwy am y peth.'

'Gnawn. Mi a' i i weld Yncl Dei.'

Roedd y syniad wedi cydio yna' i. Synnis i'n hun wrth edrach ymlaen at rwbath am y tro cynta ers . . . fedrwn i ddim cofio pryd.

Ffwr' â fi, felly, ben bora Sadwrn, ar y trên o Fangor i Gaerdydd. Gynigiodd Heulwen y cawn i'r car ond wrthodis i – deud basa hi'n gweld hi'n anodd hebddo fo ond roeddwn i isio mynd ar y trên. Er mwyn trio ail-fyw, mae'n debyg, y tro hwnnw yr es at Yncl Dei ac Anti Gwyneth a finna'n dair ar ddeg a Mam wedi clymu labal efo'n enw i a 'c/o Mr and Mrs David Jones, 26 Danygraig Street, Trefabon, Glamorganshire, South Wales' arno fo. Dynnis hwnnw cyn bod ni'n Llanfairfechan.

Mae Cymru'n wlad hardd iawn pan mae'r awyr yn las a'r haul yn sgleinio. Mi ges lonydd yr holl ffor' i sbïo drw'r ffenast neu ddarllan papur, heb orfod torri gair efo neb ond y giard dyllodd 'nhicad i.

Fasa'r siwrna o Gaerdydd i Ponty'n un o *Great Train Journeys of the World* tasa hi'n hirach – yn enwedig yn y Gwanwyn, y coed yn deilio a'r caea'n las. Gwarthag a cheffyla'n pori ar lan yr afon. Gerddi twt yng nghefna'r tai. Llai na dwsin ohonan ni'n cael 'yn sgrytian yn y carij tun.

'Ngho plentyn am y daith honno oedd bod bob dim yn llwyd neu'n ddu – a'r bobol hefyd. Y trên yn llawn dop a phawb yn gweiddi nerth eu penna'n Seusnag ond bod hwnnw'n swnio fel ryw fath o Gymraeg. Hitha'n bwrw glaw a dillad pawb yn wlyb ac yn stemio.

Er bod yr haul yn t'wynnu rŵan roedd gin i hiraeth am fel buo hi.

Ddaeth 'na fflŷd o bobol ar y trên yn Ponty, a Mair a Gordon yn eu plith nhw. Steddodd y ddau gyferbyn â mi a rhoi stop ar fy synfyfyrio i.

'*Mind if I put my bags here, love?*' medda Mair a gosod tri o fagia plastig llawn ar y sêt wag wrth f'ymyl i.

'*No,*' medda finna, gan bod hi wedi gofyn.

Roddis i hi jest dros ei hannar cant a fynta rhyw ddeng mlynadd yn hŷn. Dynas bach fywiog, dwt oedd Mair, hefo het gron *fake-fur* am ei phen a sgarff o *fake* sidan am ei gwddw. Côt dri chwartar nefi blw, trowsus 'run lliw a sgidia duon efo bycla arian. Roedd gin Gordon wynab mawr crwn a bol i fynd efo fo; gwên bob amsar ar y naill a'r llall wrth iddo drio'i ora i agor *zip* y *fleecy-lined* lwyd. Dyn fasa'n lecio bod yn flêr tasa'i wraig yn gadal iddo. Beryg ei fod o wedi cael ramdam am ddŵad o'r tŷ hefo pâr o *drainers* pyg am 'i draed. Allwn i feddwl fod Mair a Gordon wedi bod yn briod ers o leia deng mlynadd ar higian; serch hynny, roedd gynnyn nhw lot fawr i ddeud wrth ei gilydd.

'*Ponty Market 'ave gone down, Mair. Remember when the streets was 'eavin, every Wednesday an' Saturday?*'

'*Stalls all the way down the Broadway.*'

A throi ata' i, fel taswn i'n hen gydnabod –

'*You could get everything you needed to keep a family goin' for a week in Ponty Market in them days, couldn't you?*'

'*All you got now,*' meddai Gordon wrth Mair a finna a rhywun arall oedd isio gwrando, '*is half a dozen stalls sellin' handbags, cut-price torch batteries an' razor blades. An' nothin's no cheaper than you'd pay in Pandy or Porth!*'

'*Every week you do say that, Gordon,*' ebe Mair yn gyhuddgar, '*and next Saturday, when I say "Let's just go to the new shopping precinct in Pandy, for a change", you'll say: "Might as well go all the way to Ponty."*'

'*Force of 'abit, I suppose,*' cyfaddefodd Gordon a throi ata i. '*It 'ave gone down though, 'aven't it?*'

'*Excuse me?*' medda fi, braidd yn ffrwcslyd.

'*Ponty 'ave gone down these past few years? Well. Since the War, I suppose. That's when the rot started, probably.*'

14

'World War Two do have a lot to answer for,' ategodd Mair. 'And Tescos'.

Roedd y ddau'n disgwl imi ddeud rwbath.

'I haven't visited Ponty for over twenty years,' medda fi a chlwad fy llais i'n hun yn ddiarth.

'An 'exile' are you, butt?' medda Gordon, fel tasa fo'n fy nghroesawu i o bellafoedd Affrica. "Ex-pat" as they say nowadays?'

'No.'

Welis nad oedd hynny'n ddigon o atab.

'I'm from North Wales'.

Mi wenodd y ddau.

'Ah!' medda Mair.

'I thought you wasn't from round here,' medda Gordon yn graff. 'You sound more Welshy than we do do. My name's Gordon, by the way. And this is my boss, Mair.'

'I'm Dewi Jones.'

'Pleased to meet you, Dewi,' medda'r ddau hefo'i gilydd.

'You got family in Rhondda, Dewi?' holodd y Bos.

'Yes.'

'Where to? If I'm not bein' inquisitive?'

'Trefabon. I'm going to Trefabon.'

'We live in Trefabon!' medda Mair fel tae hi newydd ffendio'n bod ni'n perthyn.

'Small world, innit, butt?' sylwodd Gordon.

'Very small.'

'You wouldn't be goin' to stay with your Uncle David, would you, Dewi?' medda Mair.

'How the . . . ? How do you know?'

'She's a witch, Dewi!'

'Don't listen to him.'

'She got a certificate to prove it!'

Lluchiodd Mair edrychiad cas at ei gŵr cyn egluro: 'We live in the next street to your uncle.'

'That's all we've had all week, down the Non-Pol Club, from

Dai the Spy,' medda Gordon. *'How his nephew from North Wales is goin' to thrash us Sionis on the snooker table.'*

'Dai the Spy'?

'That don't mean nothin' nasty, Dewi,' medda Mair ar unwaith. *'Your uncle's a lovely man. Heart of Gold. Do anythin' for anybody, anytime.'*

'It's because he's a Communist,' esboniodd Gordon. *'Most people call him "Dai North".'*

Mi wenis am y tro cynta'r diwrnod hwnnw wrth ddeud: *'Back home, they call him Dei Sowth!'*

'I like it,' medda Gordon dan chwerthin.

Trodd Mair i'r Gymraeg:

'Ry'ch chi bownd o fod yn siarad Cwmrâg, Dewi. Bydd rhaid ichi alw hibo am *chat*. Hen Sais yw Gordon.'

'Mair darlin' – I'm a better Welshman than you'll ever be!'

Erbyn inni gyrradd Trefabon, faswn wedi ennill *Mastermind* ar hanas Gordon a Mair a'u plant a phlant eu plant. Cheuthon nhw ddim o'm hanas i.

Roeddwn i'n cofio'r ffor' o stesion Trefabon i 26 Danygraig Street yn iawn. Toedd honno ddim wedi newid. Heblaw nad oedd 'na gystal graen ar y tai a bod y siop wlân, y siop grosar a'r siop eiornmyngar wedi diflannu.

'See you anon, down the Club, Dewi,' medda Gordon wrth iddo fo a Mair droi i mewn i Ynys Street, dan eu pacia.

Ddaeth Dei at y drws jest cyn imi orffan curo, fel tasa fo wedi bod yn sefyll yn y lobi'n disgwl amdana' i ers oria:

'A, mi ddest, Dewi!'

Fel tasa fo wedi ama na faswn i ddim.

Rhythis inna'n ôl. Gweld Dei mor debyg i 'Nhad. Fel byddwn i bob tro, a ninna heb weld ein gilydd am sbel. Dynion main, gwydn, rhyw pum troedfedd, wyth modfedd, â'u gwallt brith yn cael ei dorri dat y croen unwaith y mis. Llgada llwydlas. Gwyneba 'sgyrniog â'i groen wedi'i liwio gan dywydd teg a thywydd garw. Roedd 'Nhad naw mlynadd yn iau na Dei ond pan fuo fo farw o gansar yn 54, yn edrach yn hŷn na ma' Dewyrth rŵan.

'Sut 'dach chi, Yncl Dei?'

'Dwi'n dda iawn, 'sdi. Da iawn. Sut wt ti, Dewi?'

'Reit dda, diolch.'

'Mi wt ti'n edrach yn ffit drybeilig, beth bynnag!'

Roeddan ni'n dal i wenu'n hurt ar ein gilydd o boptu'r hiniog nes i Dei sylweddoli a deud:

'Tyd i mewn. Tyd i mewn. Gad dy gês yn fa'ma a mi 'na'i banad. Naci. Ella basa'n well imi fynd â chdi i weld dy lofft a dangos y bathrwm i chdi . . . '

Cydiodd o'n y cês ac i fyny'r grisia â fo, a finna ar ei ôl o.

'Gei di lei-down, os wt ti wedi blino ar ôl y siwrna, a dŵad i lawr pryd wt ti isio. Lobsgows sy' gin i i swpar, felly cym di d'amsar, Dewi. Ar dy holides wt ti, a mi gei neud fel fyw fynni di.'

Tair llofft sy' 'na'n 26 Danygraig Street, dwy 'fawr' yn ffrynt ac un fach yn cefn. Roedd Dei'n dal yn ei un o ac Anti Gwyneth, a chefais i'n rhoi yr un fawr arall, lle byddwn i ac Emrys yn cysgu mewn gwely mawr pres – matras blu odanan ni a chynfas, blancedi ac *eiderdown* fel môr mawr, cynnas drostan ni. 'Radag hynny, *linoleum* oedd ar y llawr, oedd mor oer a llithrig â rhew dan ein traed noeth ni'n y Gaea'. Roedd y stafall wedi'i charpedu rŵan, a'r gwely'n un sengl; papur wal plaen, gola yn lle'r hen un blodeuog, coch a gwyrdd, a *dressing table* modern yn lle'r cwpwr glàs mawr, mahogani, hen ffasiwn.

Sylwis i ar unwaith ar y llunia ar y parad gyferbyn â'r gwely. Rhei roedd Dei ei hun wedi'u paentio. Yn yr hen ddyddia, roeddan nhw'n hongian yn y parlwr ond ddiflannodd hwnnw pan unwyd yr ystafell efo'r gegin a'r *conservatory* newydd, a gneud y tŷ'n fwy o lawar tu mewn na mae o'n edrach o'r tu allan.

Ro'n i'n cofio Marx ac Engels, Lenin, Stalin, Martin

17

Luther King a'r ddynas ifanc ddu hefo gwallt mawr ond toedd y boi efo'r pen crwn a golwg stowt ar 'i wynab ddim yno o'r blaen. Ar hwnnw sylwis i gynta – am bod fflag Iwerddon a'r Faner Goch ynghroes ar ei waelod o.

'Pwy 'di o, Dei?'

'James Connolly. Arweinydd yr *Irish Citizen Army*, yn *1916*. Beintis i o ddwy flynadd yn ôl, i goffáu pedwarigianmlwyddiant 'i saethu o.'

Gauis i'n llgada ac adrodd:

> *'O words ar' lightly spoken*
> *Said Pearse to Connolly,*
> *Maybe a breath of politic words*
> *Has withered our Rose Tree;*
> *Or maybe but a wind that blows*
> *Across the bitter sea.*
>
> W.B. Yeats.'

'Lle dysgist di hyn'na?' gofynnodd Dei'n syn.

'Yn 'rysgol.'

'Mi basist dy *A-Level English*, siŵr iawn.'

'Dic Welsh ddysgodd hon'na inni. Nashi mawr. Ffanatic. Diolch byth bod rhan fwya o hogia Cymru'n rhy gall i wrando ar *idiots* fel fo.'

Deimlis i'n simsan ac ista ar y gwely.

'Wyt ti'n iawn, Dewi?' holodd Dei â golwg boenus ar 'i wynab o.

'Dwi ddim isio'ch pechu chi, a finna newydd gyrradd. Mi ges brofiada braidd yn ddiflas yn Werddon. Y fflag 'na atgoffodd fi . . . '

'Fydd Jim ddim dicach os tynna i 'i lun o i lawr, tra byddi di yma,' medda Dei a gneud hynny fel roedd o'n siarad. 'Fuo fynta yn sowldiwr yn y British Armi fel chdi a fi. Ro' i lun o'r Wyddfa yn 'i le o. Rhag i chdi deimlo gormod o hirath. Toes 'na ddim mynyddoedd go-iawn yn y pen yma, 'sdi.'

'Dim ond tipia glo.'

'Ddim llawar o'r rheiny, erbyn hyn.'

Mi drodd wrth fynd allan, fel bod 'Jim' yn fy llygadu i, a holi:

'Neith hi beintyn a gêm o snwcyr, yn y Clwb, ar ôl swpar?'

'Siŵr iawn', medda fi mor ewyllysgar ag y medrwn i.

Deimlis i'n gartrefol ar unwaith yn y *Trefabon Non-Political Social and Recreational Club*. Roedd hi fel cerddad i mewn i *sauna* o gyfeillgarwch gwrywaidd. Lle clyd i ddynion gyd-yfad a chyd-smocio, chwara darts a snwcyr, malu awyr, tynnu coes, tyngu, rhegi, taeru a thrafod petha o bwys fel rygbi, ffwtbol a hyd yn oed politics pan fydda Dei'n codi'i gloch.

Guron ni Gordon a'i bartnar, Idris y barbar moel, yn hawdd.

'*Mis-spent youth, Dewi?*' medda Gordon, braidd yn big.

'*Well-spent young-manhood, Gordon,*' medda fi, a rhoid *edited highlights* o 'ngyrfa filwrol iddo fo wrth inni wylio Dei ac Idris yn chwara gêm arall am bunt.

Toedd Gordon ddim yn un i ddal dig, a rhag imi deimlo'n ormod o ddyn diarth dyma fo'n cyfadda, '*My mother's family all came from North Wales, Dewi.*'

'*Which part, Gordon?*'

'*Llanidloes. So, naturally, my grandfather was a fluent Welsh-speaker. Noted for it. In fact, whenever someone died locally – which was quite often in them days – and the family wanted a Chapel funeral, the Minister would always ask Da'cu to read from the Welsh Bible. He was always tryin' to get me to learn some of them words. "Tragwyddoldeb". That's one he taught me. Do they still use that in the Chapels up North Wales, Dewi?*'

'*Probably.*'

'*"Gogoniant yn y goruchaf i Dduw" he was also very fond of.*'

'I believe that's very popular around Christmas.'
'I take it you are not a strong chapel-goer, Dewi?'
'Afraid not.'
'Neither am I, I regret to admit. It's a shame to see the Chapels declinin'. I reckon we wouldn't have half this crime and drugs, sex and violence, if we all went to chapel, like in the old days, and listened to what Y Pregethwr had to say.'

Ma' Dei'n cael mwy o flas ar ddadla ynglŷn â chrefydd nag am bolitics, hyd yn oed. A chan fod Idris ymhell ar y blaen ac ar fin talu'r pwyth, yn lle cymryd 'i shot, mi joiniodd Dewyth ornast roedd gynno fo well hôps o'i hennill.

' "Pie in the sky when you die!" That's what those Holy Joes used to tell us!'

'I don't recall that, Dai,' medda Gordon yn urddasol. '"Duw cariad yw"' and "Yr Arglwydd yw fy mugail" is what I remember hearin' at Bethania.'

'Chapels in Rhondda, and everywhere else, are falling down because the ruling class has found that Television, Radio and the gutter press are better at drugging working people than religion ever was.'

'Take your shot, munn,' medda Idris yn flin a chwyno wrtha' i: 'That's the trouble with your uncle, Dewi. He's always got to drag politics or religion or both into the conversation.'

Digon gwir. Ond er bod Dei mor rhagfarnllyd, a'i syniada mor eithafol – tu hwnt i hwntw – mae o'n wybodus iawn a fydd dyn yn dysgu rwbath bob tro agorith o 'i geg.

Hon'na oedd y gynta o lawar o nosweithia difyr yn y Non-Pol Club. Gwaetha'r modd, roedd y byd go-iawn yn disgwl amdana' i ar y ffor' adra.

Roedd hi fel y fagddu pan gyrhaeddon ni Dan-y-graig Street.

'Be sy' wedi digwydd i'r goleuada?' medda fi a sefyll yn stond ar gongol Llewellyn Street, ngwaed wedi fferru, 'nghalon yn curo a chwys oer drosta' i.

'Rhyw lembo wedi'u saethu nhw,' medda Dei a cherddad yn ei flaen. 'Fel hyn ma' nhw 'di bod ers dros wsnos. Ma'r Cownsil wedi cael gwbod ond duw a ŵyr pryd yrran nhw rhywun . . . '

Sylwodd Dei 'mod i wedi stopio a throi. 'Be sy', Dewi?' medda fo. 'Rwyt ti fel tasat ti wedi gweld drychiolath.'

'Trio peidio,' medda fi. 'Fasa'r ots gynnoch chi fynd yn 'ych blaen? A phan gyrhaeddwch chi'r tŷ, newch chi adal y drws ar agor a gola'n y lobi?'

'Siŵr iawn,' medda Dei heb holi na chynhyrfu a gneud fel gofynnis i. Ddilynis inna pan welis i'r gola ac erbyn imi fynd i mewn i'r stafall fyw roedd Dewyth wedi cynna'r tân lectric a thollti joch o wisgi bob un inni ac wrthi'n rhowlio ffags i fynd efo nhw.

'Well imi egluro pam dwi efo cymaint o ofn mentro i stryd dywyll,' medda fi ac ista gyferbyn â fo.

'Raid iti ddim,' medda Dei ac estyn y Rizla imi'i lyfu.

'Gopiodd 'na bartnar imi fwlat ryw noson – Cymro, fel ma'n digwydd, Hywal, o ochra Dimbach – mewn stryd reit debyg i hon'na yn *Apache Territory*, yn West Belfast. Fywiodd o ond mae o'n dal mewn cadar olwyn. 'Mhartnar fydda'n 'i chael hi bob tro. Fi, byth. Tydw i ddim yn dŵad â lwc dda i bobol, Dei. Well imi'ch warnio chi . . . '

'Pan ddes i adra o'r Armi, fyddwn i'n codi ben bora bob dydd ac yn mynd i lawr i'r Dre i gerddad y strydoedd. Fyddwn i'n cychwyn efo'r strydoedd bach cul, yng nghysgod y Castall. Bob un ohonyn nhw. I fyny un ac i lawr y llall. Wedyn i fyny i Twthil. 'Run fath yn fan'no. Ymlaen wedyn i'r stada tai cyngor. Faswn i wedi medru gneud map o'r Dre ar 'y ngho'. Wyddoch chi be oedd? Roedd raid imi brofi i mi'n hun medrwn i gerddad i ben draw unrhyw stryd fynnwn i heb gael 'yn saethu. Neu i rywun daflud bom betrol ata'i, a'n llosgi i'n fyw. Neu ama' be oeddwn i a deud wrth yr IRA. Dwi ddim yn gorfod gneud hynny rŵan, liw dydd. Ond ma' strydoedd tywyll yn dal yn broblem.'

'Dwi'n falch bo' chdi wedi medru deud hyn'na wrtha' i,' medda Dei. 'Helpith fi ddallt. Mi all fod o les i chditha. Deud wrth rywun . . . '

'Fûm i fawr elwach o ddeud wrth *trick-cyclists* a *padres* yr Armi.'

'Naddo, debyg,' medda Dei a thynnu ar ei fwgyn. 'Dy ga'l di'n ôl yn dy swydd oedd 'u swydd nhw, ddim jest gwrando. Siarad efo Gwyneth ddaeth â fi at 'y nghoed, pan o'n i mewn stâd ddigon tebyg. Fu hitha yn y *Forces*, fel gwyddost ti. Yn yr *ATS*.'

'Ar y trên i Lundan cwarfoch chi'n'te?'

'Gwyneth ar 'i ffor' yn ôl i'r offis yn Whitehall a finna ar 'yn ffor' i'r *Middle East*. Sgwennon ni at 'yn gilydd ac mi ddes lawr 'ma, pan ges i *ddimob*, yn y gobaith o gael *job* a gwraig. Jest imi 'i hel hi am adra wedi llai nag wsnos. Cwilydd! Lats bach! Paid â sôn!'

'Be ddigwyddodd?'

'Meddylia. Dŵad i'r Sowth i chwilio am waith fel coliar a gwrthod mynd ymhellach na drws y caitsh. "A' i ddim i mewn i hwn'na!" medda fi. "*I'm not going down there!*" Hogia bach, pedair ar ddeg, yn mynd i lawr efo'u tada a'u brodyr dan sbïo'n ddirmygus arna' i.'

'Be achosodd y ffobia?'

'Noson yn 1941, pan o'n i efo'r *anti-aircraft*, yn gardio'r *White Cliffs of Dover*. Finna ar 'y mhen 'yn hun mewn twll yn y ddaear â darn o sinc rhyngdda' i a bomia a *shells* Jerry, oedd yn drybowndian o 'nghwmpas i. Awn i ddim mewn lifft am flynyddoedd wedyn. Ac i 'nghrogi cyn mynd dan ddaear. Benderfynis fynd yn f'ôl i Sir Gynarfon ond fedrwn i ddim 'madal heb ddeud pam wrth Gwyneth, er 'mod i'n siŵr basa hi'n falch o 'ngweld i'n mynd, a finna mor llwfr. Ond hi 'mheswadiodd i i aros. Roedd gin i gwilydd ofnadwy ar y pryd. Gweld 'yn hun yn llai o ddyn na'r coliars. Dwi'n falch drybeilig, erbyn hyn. Faswn i wedi 'mado'r fuchedd hon' ers blynyddoedd, taswn i wedi gweithio'n y pwll. 'Iach pen cachgi,' chwadal yr Hwntws. A'i frest, 'i sgyfaint a'i gefn o. Ges i waith efo 'rhen Gyngor Sir Morgannwg, fel gwyddost ti, yn paentio 'sgolion ac adeilada erill. Gloiodd dau o betha ifanc fi mewn cwpwr llyfra mawr unwaith, ac mi fûm ar y *sick* am wsnos. Gafodd y cybia gythral o ffrae, pan es i'n f'ôl! Diawlad bach anniolchgar! Yn meiddio gneud tro mor wael efo rhywun oedd wedi mentro'i fywyd drostyn nhw'n y Rhyfal! Heb sôn am ennill dwy geiniog yr awr o godiad iddyn nhw'r wsnos gynt, drwy'r Undab. A nadu'r fforman 'u gorfodi nhw i weithio allan ar dywydd mawr! Wedyn, mi egluris pam 'mod i wedi cael myll yn y cwpwr. A'u goleuo nhw'r un pryd ynglŷn ag achosion y Rhyfal, a sut gnath o filodd o rei fel fi, drwy'r byd i gyd, yn Gomiwnists ac yn Undebwyr.'

Roeddwn i wedi clwad y bregath honno o'r blaen, sawl gwaith. Godis a diolch i Dei am gael dŵad i aros efo fo a mynd i 'ngwely, a chysgu fel twrch am y tro cynta ers wsnosa.

Fydda Dei'n meddwl am rwbath i fynd â ni o'r tŷ bob dydd. Gweld perthnasa – hen bobol on i'n cofio fel dynion a merched heini, canol oed. Picio i Gaerdydd, i weld sut ma'r hen Tiger Bay wedi'i droi'n Farina. 'Mhnawn Sadwrn cynta i, er mai ffwtbol ydi'n gêm ni'll dau, euthon i weld Ponty'n chwara'n erbyn tîm o Sgotland, ac yn ennill o bwynt yn y munud ola.

Amball ddiwrnod, fydda Dei'n gofyn i Idris am fenthyg ei gar, inni grwydro'r Rhondda Fach a'r Rhondda Fawr, ac iddo fynta sôn wrtha' i am y digwyddiada hanesyddol sy'n gysylltiedig efo gwahanol lefydd – streics, locowts, coliars yn cwffio'n erbyn polîs a sowldiwrs; faint gafodd eu lladd a'u hanafu dan ddaear yn fan'na'n 1896; faint achubwyd yn fan'cw yn 1924. Gan ei dad-yng-nghyfraith y cafodd o'i straeon am yr hen ddyddia. Roedd teulu Anti Gwyneth i gyd yn Gomiwnists rhonc. Dwi'n meddwl eu bod nhw wedi brên-washio Dei. Dyna'r unig esboniad pam ei fod o'n dal i goelio petha mor hurt ac i ddeud petha mor eithafol, er bod yr USSR oedd mor annwyl iddo fo wedi hen fynd a'r drygioni 'nath hi'n hysbys i bawb.

'Ma' 'na stori reit ddigri'n gysylltiedig â'r tŷ acw, Dewi,' medda Dei wrth inni foduro drwy'r Gelli, rhyw bnawn, a pheri imi stopio'r car. 'Mi fu 'na deulu o sgabs proffesiynol yn byw 'no'n y tridega . . . '

'Sgabs proffesiynol?'

'*Blacklegs*. Bradwyr. "Cynffonwyr" fydda'r chwarelwyr yn 'u galw nhw.'

'Wn i be 'di "sgab proffesiynol"?'

'Y Bosus yn 'u cyflogi nhw i dorri streicia, a gwanio'r Ffed, yr Undab, hwnt ac yma hyd y Sowth. Ac yn Lloegar hefyd. Tad a phedwar o feibion. Llabystia mawr, cry, digywilydd. Beth bynnag i chdi, mi ddaeth yr hen Ffaddyr adra'n sâl, rhyw ddiwrnod. Pendics. Gofyn i'r Undab am fenthyg car yr *Agent*, i fynd â fo i'r hosbitol. Nhwtha'n gwrthod, wrth reswm.'

'Wrth reswm,' medda finna heb iddo fo sylwi mod i'n gwatwar.

'Galw am ambiwlans, o hosbitol Llwynypia. Gyntad ag y clywodd y cymodogion bod hwnnw ar y ffor', dyma pawb allan i'r stryd i'w atal o rhag dŵad ar gyfyl y tŷ. Drodd y pendics yn beritoneitus. A 'mhen chydig ddyddia, mi fu farw'r hen fradwr. Diwrnod yr angladd, roedd y stryd o flaen y tŷ'n llawn o goliars a'u teuluoedd, i gyd yn canu . . . Be 'sat ti'n feddwl?'

'*The Red Flag? . . . Efengyl Tangnefedd?*'

'Naci, was,' medda Dei dan chwerthin. '*Will ye no' come back again*! A mi fu ond y dim iddyn nhw nadu'r hers fynd â chorff yr hen gythral i'r fynwant!'

'A mi 'dach chi'n gweld hon'na'n stori ddigri?'

'Ydw, was.'

'Tydw i ddim.'

'Rhaid ichdi gofio'i bod hi'n rhyfal yma, 'radag hynny, Dewi,' medda Dei'n ddiedifar.

'Feddylis i fod gynnoch chi well syniad o be'di rhyfal.'

'Rhyfal dosbarth, Dewi.'

''Dach chi'n dal i gredu'n hwnnw?'

'Raid imi ond edrach o 'nghwmpas! Cofia bod 'na waed ar y glo, dyddia hynny. Toedd 'na ddim madda i sgrwb felly.'

'Hyd yn oed ar 'i wely anga?'

'Pan oeddat ti'n Werddon.Tasat ti a dy ffrindia wedi ffendio bod un o'r criw'n 'ych bradychu chi i'r IRA, mi fasa wedi cael bwlat yn 'i ben yn 'o handi.'

Gollis i'n limpyn:

'Ma' pobol fel chi'n 'yn gweld ni fel *army of occupation* yn Ulster. Yn gorthrymu'r Catholics. Nid felly ma' hi, Dei. Cadw dwy genedl – dwy gang o anwariad ddylwn i ddeud – y *Prods* a'r *Fenians*, rhag difa'u gilydd, ydi'n rôl ni yno. Pam, dwn i ddim erbyn hyn. Yn Uffar ceuthon nhw'u magu, ac yno ma nhw am fod.'

'Gytunwn ni i anghytuno,' medda Yncl Dei'n gymodlon. 'Rhag iddi fynd yn rhyfal cartra yma.'

Heblaw am amball i gynhyrfiad fel 'na, mi nath yr holides les mawr imi. Ches i'r un pwl difrifol. Hunllefa bob yn ail noson, wrth gwrs. Ac amball un gefn dydd gola. Ond mi stopis feddwl gymaint amdana' i'n hun a 'mhroblema wrth wrando ar straeon Dei. A dadla efo fo, pan fedrwn i ddim 'matal rhag synnu bod dyn mor gall yn credu petha mor sdiwpid. Chwara snwcyr efo Gordon ac Idris a mêts erill Dei, a chael modd i fyw wrth iddyn nhw sôn am focsiwrs, rhedwrs a chwaraewrs ffwtbol yr oes o'r blaen, pan oedd pawb yn dlawd ond yn lot hapusach na ma' pobol heddiw. Meddan nhw. Beryg bod nhw'n iawn.

Profiad *therapeutic* arall fydda mynd efo Dei i'r brynia uwchlaw'r Cwm; yr hen Sir Forgannwg, cyn ffendion nhw'r glo, fel bydda fo'n f'atgoffa i. Fynta'n sgetsho – hen dŷ ffarm wedi adfeilio, nant yn rhedag drwy frwyn a cherrig, gwrychoedd, llwyni, caea, brynia. Roddis inna gynnig arni. Y tro cynta imi ddronio dim ers dros igian mlynadd.

Ond 'popeth da ddaw i ben'.

Toedd Yncl Dei ddim yn ei gweld hi felly.

'Dwi wedi bod yn meddwl,' medda fo dros banad a smôc ar ôl inni ddŵad adra o'r Clwb rhyw noson, a finna newydd ddeud fod rhaid imi'i hel hi tua Sir Gynarfon drennydd. 'Gan dy fod ti a Heulwen wedi penderfynu byddai'n well ichi fyw ar wahân am sbelan . . . '

'Ia, Dei . . . ?'

Welodd 'mod i'n big ond aeth yn ei flaen:

'A chan na weithiodd petha allan yn y busnas fel roeddat ti a dy frawd wedi gobeithio . . . '

'Ia . . . ?'

'A chditha'n canmol gymaint ar dy le yma . . . Wel. Meddwl roeddwn i, Dewi, leciat ti aros dipyn hwy. Chwilio am job, ella. Gin ti fwy o jans cael rwbath siwtith di'n pen yma nac yn y Topia 'cw.'

'Ama dim, Dei.'

'Fel ma'n digwydd, soniodd hen frawd fydd yn darllan y papura'n y leibrari 'run pryd â fi bob bora, bod *Chief Security Officer* un o *supermarkets* Pandy newydd ga'l hwi am ryw fisdimanars, a'u bod nhw'n chwilio am un newydd. Feddylis i amdana chdi, siwr iawn. A chan 'mod i'n nabod 'u *Personel Officer* nhw, Comiwnydd siort ora' 'dat ddiwadd Streic '84-85, ac yn dal yn eitha cydwybodol, yn wahanol i rei sy' wedi gadal y Parti. Beth bynnag i chdi. Mi ffonis Billy Trempeth. Pan glywodd o am y profiad a'r cymwystera sy' gin ti, mi ddeudodd basa'r *job* i ti, tasa gin ti ddiddordab . . . '

'Pam na sonioch chi wrtha' i?'

'Ofn basa chdi 'nghyhuddo i o drefnu dy fywyd di . . . '

'Fasa hynny'n ormod o gontract hyd yn oed i chi,' medda fi a chwerthin wrth weld yr olwg boenus ar wynab Dei. 'Diolch am y cynnig, Dewyth, ond mi gollwn i Delyth a Geraint. A dwi'n teimlo gymaint gwell ar ôl bod yma, synnwn i ddim na ddown ni'n ôl at 'yn gilydd, fel teulu, yn gynt na feddylion ni.'

Gyrhaeddis adra mewn hwylia da iawn y pnawn Sadwrn hwnnw. Pharon nhw ddim. Ar ôl panad a sgonsan efo Mam, a sôn wrthi am 'yn holides yn y Sowth, mi ddeudis 'mod i am bicio i weld Heulwen a'r Plant.

Ddaeth 'na gysgod dros ei gwynab hi, 'Ma' gin i rwbath i ddeud wrthat ti, Dewi.'

Sylweddolis ar unwaith bod y 'rwbath' hwnnw'n 'o ddifrifol. Gododd y gair roeddwn i wedi'i ofni gyhyd o bwll fy stumog i mhen i a bloeddio: 'Difors!'

Doeddwn i ddim wedi disgwl hyn chwaith:

'Mi wyddost bod Heulwen yn ffrindia efo un o'r doctoriad ma' hi'n *receptionist* iddyn nhw?'

'Ma' hi wedi bod allan am bryd o fwyd efo fo, unwaith neu ddwy. Dim byd siriys, medda hi.'

'Mae o rŵan, Dewi. Mae o wedi gofyn iddi'i briodi o.'

'Be oedd 'i hatab hi?'

'Ma'n ddrwg gin i, Dewi.'

'Heulwen ddeudodd wrthach chi? Pryd?'

'Echnos. Alwodd hi, ar ôl i chdi'u ffonio nhw. Ofynnodd hi imi ddeud wrthat ti.'

Wylltis i'n gacwn: 'Dim digon o gỳts i ddeud wrtha' i 'i hun!'

'Nagoedd. Fel gnath hi 'i hun gyfadda, ma' arni d'ofn di, Dewi.'

Deud, nid cyhuddo.

'Wn i, Mam, wn i. Ddigwyddith ddim byd fel'na eto. Byth. Dwi'n well. Dwi 'di gwella, ar ôl bod efo Dei . . . '

'Ma' hi'n gobeithio byddwch chi'n dal yn ffrindia . . . '

'Lle clywis i hyn'na o'r blaen?'

'Ac y bydd gin ti a Geraint a Delyth gymaint o feddwl o'ch gilydd ag erioed.'

'A ma' hi isio difôrs gyntad bosib?'

'Hynny fasa ora,' ochneidiodd Mam.

Steddon ni'll dau'n syllu i'r tân am sbel hir. Fi'n beio'n hun ac yn pitïo'n hun 'run pryd. Mam yn trïo peidio dangos gymaint roeddwn i wedi ei siomi hi erioed.

O'r diwadd, mi holis:

'Be ddigwyddith os gwrthoda' i ddiforsio?'

'Golli di bob dim,' medda Mam ac ochneidio eto. 'Dyna 'marn i Dewi. Ddeudodd Heulwen mo hynny. Ma' hi isio gwerthu'r tŷ a rhannu'r pres rhyngddach chi'n deg. Gei di'r car hefyd. A gweld Geraint a Delyth pryd bynnag leci di, siŵr iawn. Ond os tynni di'n groes. Dwn i ddim, wir . . . '

Ffoniodd Mam Heulwen i ddeud 'mod i'n derbyn y sefyllfa a'r telera roedd hi'n gynnig imi. Drefnon nhw bod Geraint a Delyth yn dŵad at Mam tra byddwn i a Heulwen yn siarad. Arhosis i iddyn nhw gyrraedd, i roid ei presanta iddyn nhw – crys Lerpwl iddo fo a sent iddi hi – a'u holi nhw am 'rysgol a'u ffrindia ac ati a sôn am y Sowth. Wedyn es i i'r tŷ – 'nhŷ i, yn gyfreithiol o leia', am ryw hyd eto.

Toedd dim golwg nerfus ar Heulwen o gwbwl. Roedd hi'n edrach yn dda iawn – yn dal ac yn syth a'i gwallt tywyll wedi'i dorri'n gwta, fel ag erioed. Cofio cnoi 'i chlust hi ar lan môr Dinas Dinlla rhyw bnawn Sadwrn arall, amsar maith yn ôl. Cau'n llgada i drïo'n gweld ni, a methu. Pam na chawn ni fyth *flash-backs* hapus, tra bod rhei diflas yn dŵad mor hawdd?

'Helo, Dewi. Ty'd i mewn,' medda Heulwen fel tasa hi'n falch o 'ngweld i. Jympar ddu a mwclis perla am y gwddw, cardigan ddu, a sgert sgotsh-plod arian, piws a du. Roedd hi'n edrach fel gwraig doctor yn barod. 'Dos drwadd i'r *lounge.* 'Na'i banad. Ma'r teciall wedi berwi.'

Eisteddis i ar y soffa a syllu ar y teli er bod honno'n dywyll. Doeddwn i'm yn teimlo unrhyw beth. Ella mai rhyw fath o *defence mechanism* oedd hynny. Taswn i *yn* teimlo rwbath, beryg baswn i wedi mynd dros ben llestri. Wedyn . . .

Ac ella nad oedd 'rots gin i 'mod i'n colli 'ngwraig a 'mhlant a 'nheulu. Yn falch hyd yn oed er mwyn i mi fod ar 'mhen fy hun ac yn faich ar neb.

'Diolch o galon i chdi am fod mor barod i setlo petha'n gall, Dewi,' medda Heulwen, wedi inni fynd dros be oedd Mam wedi ddeud wrtha' i. 'Dyma'r ffor' ora ymlaen inni i gyd – Delyth, Geraint, chdi a fi. Fedrwn ni edrach i'r dyfodol rŵan. Heb anghofio'r petha da o'r gorffennol. A mi oedd 'na lawar o betha da, Dewi. Toedd?'

'Oedd'.

'Dwi yn gobeithio gwelli di, Dewi.'

'Diolch.'

'Ddrwg gin i na fedris i . . . '

'Paid â beio dy hun,' medda fi a chodi ar fy nhraed wrth i bob math o deimlada – rhai hen a newydd ddechra corddi a berwi. Gerddis allan cyn i unrhyw beth ddigwydd.

Pythefnos gymrodd hi imi setlo telera'r ysgariad efo Heulwen a'i thwrna. Tra oedd hynny'n mynd ymlaen, ddifethis i Delyth a Geraint fel taswn i byth yn mynd i'w gweld nhw eto.Yn ôl â fi i'r Sowth wedyn. Ac i job newydd – y drydadd er imi adal 'Rarmi.

Roeddwn i'n ddiawledig o nerfus y bora cynta, ond roedd Dei'n saith gwaeth ac wedi cynhyrfu, fel tasa'i hogyn bach o'n dechra'n yr ysgol am tro cynta.

'Mi gest iwnifform grand gynddeiriog. Allat ti fod yn *aide-de-camp* i General Pinochet!'

'Cofiwch ma' chi gafodd y job 'ma imi, y Comiwnist mawr, i stopio pobol dlawd rhag cael 'u bacha ar eiddo un o gwmnïa mwya'r byd!'

'Comiwnydd ydw i, Dewi. Nid *Anarcist*. Ma'r *anarcists*, wel'di, yn annog y werin i dalu'r pwyth i'r cyfalafwyr trwy fân-ladrata. Rydan ni'n deud wrthyn nhw am ddwyn y siop gyfa odd'ar y cnafon. A phob siop a ffatri arall yn y wlad. A'r wlad i gyd.'

'Be fasan nhw'n neud efo hi wedyn? 'I chuddiad hi'n twll dan grisia?'

'Mi eglura' i hynny ichdi pan ddei di adra.'

'Dwi'n edrach ymlaen yn barod.'

Ffendis i 'mod i'n medru gneud y gwaith yn ddigon ddidraffarth. Wrth gymdeithasu efo pobol glên, wydda ddim o'n hanas i, mi ddechreuis deimlo'n fwy cyfforddus efo fi'n hun. Roedd hi'n haws, hefyd, dygymod efo methiant 'mhriodas ar ôl derbyn ei bod hi ar ben. Fyddwn i'n siarad ar y ffôn efo Geraint a Delyth o leia unwaith yr wsnos, yn sgwennu atyn nhw ac yn cael llythyra'n ôl. Wyddwn i mai Heulwen oedd yn mynnu eu bod nhw'n atab ac roeddwn i'n ddiolchgar iddi am hynny.

Yr unig ddrwg yn y caws oedd 'mod i a Dei'n mynd ar nerfa'n gilydd. Un peth ydi holides, peth arall ydi byw.

Er ein bod ni'n gymaint o lawia, rydan ni'n perthyn i ddwy genhedlaeth sy' gin atebion hollol wahanol i gwestiyna mawr bywyd, e.e. *Chinese take-away* 'ta *fish and chips* i swpar? Man U. v. Arsenal 'ta *Secrets of the Stone Age* ar y teli? Tom Jones 'ta Bryn Terfel ar y stereo?

Roedd 'na ddega o dai ar werth yn Nhrefabon – fel sy' o hyd – a 30 Danygraig St., drws nesa ond un i dŷ Dewyth yn un ohonyn nhw. Tebyg iawn tu mewn, o ran cynllun, i dŷ Dei: gwres canolog, carpedi a chyrtans fedra dyn fyw efo nhw; cegin newydd; rar bach a chwt pren, solat yn y cefn. Dau gan mil yn Llundan – pum mil ar higian yn Nhrefabon. A mi fedrwn symud heb bechu Dei, gan y byddwn ni mor agos.

Lawr â fi i Ponty, felly, pan oedd gin i bnawn rhydd, i chwilio am dwrna. Y tro cynta, er pan o'n i'n hogyn, imi fod yn y dre, heblaw am pan euthon ni i weld y rygbi.

Ponty, ers talwm, oedd 'Prifddinas y Cymoedd'. Afonydd o bobol yn llifo iddi o drêns a bysus, i siopa, downsio, mynd i'r pics, chwilio am gariadon, hel diod. Yn Oes y Car, lle i'w osgoi ydi o. Tydi'r hen ragfarn yn erbyn *Kairdiff* ddim mor gry' ag y bu hi, a haws gan bobol Rhondda a Chwm Cynon fynd i Gaerdydd i chwilio am rwbath sy' ddim i'w gael nes at adra. Feddylis i bydda raid i minna fynd yno i chwilio am dwrna.

Barcis 'nghar yn y *multi-storey* brics lliw sindars, hyll sy'n sownd wrth swyddfa heddlu hyllach o'r un deunydd. Toedd 'na fawr neb hyd y lle, y pnawn Iau tamplyd hwnnw wrth imi gerddad i lawr y Stryd Fawr, lle ma'r siopa, ond faint fynnir o bapura *chips*, bocsus *take-away*, cania, poteli, baw ci ac amball gloman, dan draed.

Hannar ffor' i lawr, gyferbyn â'r Farchnad mi welis yr arwydd: *Olwen Angharad a'i Chwmni – Cyfreithwyr/Solicitors.* Daeth dau lun o 'Olwen Angharad' i'n meddwl i. Hogan ysgol, rhy-glyfar-o-lawar-er-ei-lles-ei-hun. A chlamp o Nashi-Lesbian mewn ofarôls mecanic.

Es yn fy mlaen er bod hen law smwc yn lapio'i hun amdana'i fel cynfas laith. Heibio'r siopa rhad a'r siopa elusen. (A swyddfa'r Awdur, er na wyddwn i mo hynny, ar y pryd, dros ffordd i'r siop jips ar gongol Heol y Farchnad, drws nesa i *Ned's Army Surplus Stores*.) Synnu bod Barclays, Woolworths, Nat West ac M&S yn dal yno. Cyrraedd pen y stryd – dwy bŷb ddigalon a goleuada traffig o bobtu a'r stesion gyferbyn.

Roeddwn i'n sefyll ar y pafin o flaen un o'r tafarna, rhwng dau feddwl, pan ddaeth 'na foi allan o'r tŷ potas yn rhy chwil i sbïo lle'r oedd o'n mynd a tharo'n f'erbyn i. Fu ond y dim imi ga'l sgwd o dan fws bach blin, gwyrdd a melyn ruodd drw'r goleuada fel roeddan nhw'n newid.

Roddis i hwth yn ôl i jerro a bloeddio, *'Hey! Watch where you're going!'*

Roedd o o gwmpas y trigian oed. Clustia mawr. Trwyn cam. Q.P. wen yn hollti'r gwallt brylcrimog yn ddwy boncan seimlyd, ddu.

'Sorry, butt,' medda'r hen focsar yn ddigon bonheddig.

'You could have killed me!'

'Hell of a way to go,' medda Rocky'n llawn cydymdeimlad. *'Knocked down by a Shamrock Shoppa.'*

'Look . . . Could you tell me where I'd find a solicitor?'

'I didn't do you no damage, did I?'

'No . . . '

'Why the hell you want a solicitor then?'

'I'm thinking of buying a house.'

'You should have said so, munn! There's loads of solicitors by there, in Gellideg Road, by the Church!' A chan bwyntio at Mothercare mi herciodd dros y lôn at y pỳb arall.

Roedd gin i dri dewis – dilyn cyfarwyddiada'r alci; mynd i Gaerdydd; llyncu'n rhagfarna.

Holis ddynas oedd yn mochal glaw yn nrws Woolworths lle'r oedd Gellideg Road ac ymhen pum munud roeddwn i yn *Sbrogetts & Co* yn gwrando ar ddynas glên, ganol oed mewn sbectol Dame Edna'n deud wrtha' i medra rhywun 'ngweld i 'mhen awr taswn i'n fodlon disgwl. Roedd hi'n bwrw o ddifri erbyn hyn a mi es drwadd i'r stafall aros, oedd yn llawn o ferchaid dipresd a rỳff yr olwg, un efo llygad du, a haid o blant swnllyd o'u cwmpas nhw. Allan i'r glaw â fi i swyddfa *Davies, Davies, Braithwaite & Davies*, drws nesa ond un . . .

Ddeudodd clarcas yn fan'no bo fi'n lwcus. Mr Davies – ddeudodd hi ddim p'run – newydd gael *cancellaltion* a gawn i ei weld o'n syth bin.

Dyn tew, tua trigian oed oedd Mr Davies. Roedd gynno

fo gnwd da o wallt gwyn ar ei ben, gwynab coch, sbectol a rhimyn aur, a tash bach gwyn dan ei drwyn. Gefais groeso cynnas a gwahoddiad i ista ar y gadar wag gyferbyn â'r ddesg.

'*You were brought up in Llwyn Du, near Caernarfon?*' medda Mr Davies wedi clwad dipyn o fy hanas i. '*That's amazing. My own grandparents came down here from* . . . '

Ches i fyth wbod. Yn hollol ddirybudd, drodd gwynab y twrna'n biws, ddechreuodd o dagu, syrthiodd yn ôl yn ei gadair a llithrodd y sbectol aur dros ei wasgod i'r llawr.

Rhoddais Mr Davies i orwadd ar ei gefn, llacio'i golar a'i dei a mynd drwy weddill y rwtîn cyn peri i'r glarcas siaradis i efo alw am ambiwlans. Ddo'th hwnnw'n reit handi, chwara teg. Ddiolchodd yr hogia i mi a deud bod gin Mr Davies obaith go lew o ddŵad dros yr hartan.

Roedd hi wedi pump arna' i'n gadal *Davies, Davies, Etc.* Er bod 'na swyddfeydd twrneiod erill yn Gellideg Road roeddwn i wedi cymryd yn erbyn y lôn, a mi 'nelis am y Stryd Fawr ac *Olwen Angharad a'i Chwmni.*

'Fasa hi ddim yn cael rhoid 'i sein i fyny, heb basio,' medda fi wrtha fi'n hun. 'Ddyla hi ddallt sut i brynu tŷ'.

Es i drwy'r drws gwydr ac *Olwen Angharad a'i Chwmni – Cyfreithwyr/Solicitors* arno fo, i fyny grisia pren, di-raen a pharwydydd gwyngalchog o bobtu iddyn nhw, a phedwar print mewn ffrâm o wahanol olygfeydd yng Nghymru ar yr un llaw dde. *Yr Wyddfa a'i Chriw* oedd teitl un. Llefydd yn y Sowth oedd y lleill.

Ar ben y grisia roedd 'na ddrws gwyrdd tywyll a phlac bach du â'r geiria '*Gwthiwch/Push*' dros y dwrn. Dyna 'nes i, a chael fy hun mewn stafall hir, lawar goleuach na'r un swyddfa twrna bûm ynddi erioed o'r blaen. Roedd 'na bishyn ifanc, bryd ola, siapus mewn *top* melyn tu ôl i ddesg yng nghanol y swyddfa. Roedd hon ar y ffôn, ac âi'r *pony-tail* â rhuban glas am ei fôn i fyny ac i lawr ar ei gwegil wrth iddi siarad:

'OK, Olwen. Gaf i drefen ar yr ohebieth 'na cyn mynd tua thre . . . Ie . . . Ie . . . Weda'i wrth Mr Alford am ddod syth miwn atoch chi pan gyrhaeddiff e . . . Iawn.'

Roeddwn i'n sefyll o flaen ei desg erbyn hyn ac wrth iddi roi'r ffôn yn ôl yn ei le, mi drodd ata' i efo gwên:

'Pnawn da. *Good afternoon*. Alla' i'ch helpu chi? *Can I help you?*'

'Pnawn da. *Good afternoon*. Dwi'n mynd i brynu tŷ. *I'm going to buy a house*. Leciwn i siarad efo twrna. *I'd like to speak to a solicitor.*'

Chwarddodd yr hogan ac agor y dyddiadur desg oedd o'i blaen hi.

'Allwch chi ddod miwn fory? *Could you pop in tomorrow?*'

'*I don't mind waiting*. Tydi'r ots gin i ddisgwl os ydi Ms Angharad efo rhywun.'

'Nage'na yw e,' medda'r hogan. 'Bydd hi'n 'madel miwn cwpwl o funude . . . '

'Cwpwl o funude fydda i isio – ma'r manylion ynglŷn â'r tŷ a fi'n hun yn fan hyn,' medda fi'n ymbilgar a dangos 'mriffces du, *MOD-issue* iddi.

'Sori. Ma' Ms Angharad wedi gweud wrtho'i nagyw hi'n folon gweld neb arall heddi . . . '

'Dau funud. Plîs.'

'Bydd 'i sboner hi yma whap i fynd â hi i'r Opera.'

Gymris arna gam-ddallt:

'Pam bod hi'n mynd i'r opera efo sbanar?'

Chwarddodd hitha: 'Sboner – *boyfriend*. Nage spaner . . . '

'*Spanner?*'

'Gwmws.'

Er bod hi'n gwenu mi ddaliodd ei thir.

'Bydd Mr Alford 'ma unrhyw funed. Ma'n flin 'da fi, Mr . . . ?'

'Jones. Dewi i'n ffrindia. A chditha?'

'Siân.'

'Neis iawn dy gwarfod di, Siân.'

'Rwy'n dwlu arnot tithe, Dewi,' medda'r bitsh bach bryfoclyd. 'Galwa miwn fory a gwrddwn ni 'to. Bore neu'r pnawn fydde ore?'

Trw' lwc – ond ella bod raid i rei petha fod – dyna pryd daeth y bos i mewn drwy'r drws ym mhen arall y stafall a holi:

'Helo. Beth sy'n mynd 'mlaen man hyn?'

Fel y trois i, mi ychwanegodd, braidd yn chwithig: 'O. Esgusodwch fi. Feddylies i taw rhywun arall oe'ch chi.'

Toedd Olwen Angharad ddim byd tebyg i sut dychmygis i. Er ei bod hi yn gwisgo'n 'wrywaidd' – siwt *pinstripe* lwyd efo *jacket* tri-chwartar a chrys gwyn – roedd hynny'n tanlinellu tlysni benywaidd y gwynab a'r gwallt cyrliog, brown gola.

'Dewi Jones ydw i, Ms Angharad,' medda fi dan wenu'n ddidraffarth. 'Newydd symud o Sir Gynarfon ac yn bwriadu prynu tŷ yn Nhrefabon.'

'Rhagorol.'

Roedd gwên y gwefusa pinc, y dannadd gwyn, perffaith a'r llgada glas, glas yn ymddangos yn ddiffuant, a'r ymddiheuriad:

'Ma'n amhosib imi'ch gweld chi heno, Mr Jones, ma'n flin 'da fi . . . '

'Eglurodd Siân bod 'ych amsar chi'n brin, ond faswn i yma ers meintyn taswn i heb grwydro strydoedd Ponty am oria'n chwilio am dwrna Cymraeg. Ma' hynny'n bwysig iawn imi . . . '

'Ma'n amser lletwith . . . '

Gymris arna dorri nghalon: 'Beryg bydd raid imi fynd yr holl ffor' lawr i Gaerdydd. Go brin ca'i dwrna Cymraeg yn fan'no.'

Welis i bod hi'n gwanio.

'Ma'r manylion i gyd gin i'n fa'ma. Allach chi jest fwrw golwg drostyn nhw? Plîs?'

Edrychodd Ms Angharad ar ei watsh ac ochneidio'n ddiamynadd. 'Hmm. 'Na'r oll alla' i neud nawr. Ewch drwodd i'n swyddfa i, Mr Jones.'

I mewn â fi ac Olwen Angharad ar f'ôl i.

'Ry'ch chi'n berson anhygoel o drefnus, Mr Jones,' medda hi ar ôl cael cip ar daflenni'r *estate-agents*, fy *CV* i a'r papura erill.

'Diolch yn fawr.'

'Dyle'r pryniant fynd drwodd yn 'itha clou, gan bod dim eiddo i'w werthu.'

Crychu'i thalcan.

'Gall fod un broblem fechan . . . '

'O?'

Gwên.

'Ond falle nagoes un.'

'Dda gin i glwad.'

'Ry'ch chi'n gweud, man hyn, ichi fod yn aelod o'r *Royal Military Police* am dros ddeuddeg mlynedd?'

'Saith ohonyn nhw'n yr *SIB* – *CID* yr Armi. Roedd 'yn rank i'n cyfatab i Arolygydd yn y *CID* pan adewis i.'

'Ardderchog!'

Olwynion yn troi tu ôl i'r tlysni.

'Weda' i wrthoch chi beth yw'r broblem – ddyle ddim bod yn broblem yn 'ych achos chi; ma'r bachan fydde'n arfer gwneud archwiliade/*searches* drosta' i newydd adel yr ardal.'

'Ffendio os oes 'na broblema hawlia cynllunio, ac ati?'

'Gwmws. Ac yn y rhan hyn o'r byd, sicrhau nagoes hen bwll glo dan yr adeilad. Allech chi neud y gwaith 'na'n rhwydd. Arbede fe arian i chi ac amser inni'n dou.'

Edrychodd hi ar ei watsh a chrychu'i thalcan yn flin cyn bwrw golwg arall dros y *CV* a holi:

'Shwt amser gethoch chi'n Iwerddon?'

'Diflas.'

'Oe'ch chi'n teimlo tensiyne ychwanegol, achos bo' chi'n Gymro?'

'Nagon.'

Canodd y ffôn cyn medra hi ddilyn y trywydd hwnnw ymhellach. Y sbanar wedi cyrradd. Cynhyrfodd Ms Olwen Angharad drwyddi ac edrach ddeng mlynadd yn iau na'i 28-29.

'Ie. Ie. Gwed wrtho fe bydda'i 'na nawr, Siân.'

Sodro'r ffôn i lawr a throi ata fi:

'Rhaid dod â'r seiet i ben, nawr, Mr Jones. Cofiwch drefnu apwyntiad arall 'da Siân.'

Godon ni'll dau a hel ein petha. Fi'n hamddenol – hitha ar frys gwyllt, fel tae Bryn Terfel ei hun drws nesa.

'Dach chi am yr Opera heno, yn ôl Siân?' medda fi, er mwyn cael esgus i'w gwyliad hi'n gwisgo'i thop-côt ddu, un laes efo melfad gloyw ar y golar, ac yn lapio sgarff sidan wen am ei gwddw.

Nod a gwên boléit:

'*Cav & Pag.*'

'Dwi ddim yn gyfarwydd â honno.'

'*Cavaleria Rusticana* a *Pagliacci*.'

'Dwy am bris un.'

'Bargen yr wthnos. Pnawn da, Mr Jones.'

Agorodd Olwen Angharad y drws i mi fynd allan gynta a gwibio heibio at y boi yn y gôt law, ddrud, eidalaidd, lliw baco, oedd yn ista ar ddesg Siân dan fflyrtio a swingio'i goesa.

Gamis i'n ôl i swyddfa Ms Angharad.

Tua deg ar higian oedd Huw Alford. Yr un taldra â fi ond yn 'sgafnach a'i sgwydda ddim cyn lletad. Gwynab main, ymosodol ac aelia duon fel tasan nhw wedi'u rhwbio ar ei dalcan efo corcyn wedi llosgi. Ffit yn yr ystyr gorfforol am ei fod o'n y 'gampfa' neu'n 'whare sboncen' ddwywaith-dair bob wsnos, ac yn yr ystyr arall am ei fod o'n gefnog, yn glyfar ac wedi cael magwraeth ac addysg freintiedig.

'Wedest ti byddet ti'n barod, gw'gerl!' oedd ei eiria cynta wrth godi odd'ar y ddesg a phwyntio'n gyhuddgar at Olwen Angharad.

'O'n i'n barod yr amser wedest ti byddet ti 'ma. Gw'boi!' medda hitha a tharo sws ar ei foch o. 'Pam 'yn ni ar shwt hast, ta beth?'

'Am bod ni'n cwrdd â Gwil a Marged am ddrincs yn y Parc, cyn y siew.'

Erbyn hyn roedd Ms Angharad yn darllan drwy'r pentwr llythyra oedd Siân wedi eu rhoi iddi ac yn eu seinio nhw ar y ddesg. 'Bydde well 'da fi fynd i weld ffilm, a chael cwpwl o beints yn y Cameo wedi 'ny,' medda hi dros ei hysgwydd.

'Paid bod mor anniolchgar, ferch. Gwil sy'n talu.'

'Ac yn prynu.'

'Beth wedest ti?'

'Whare teg iddo fe'.

Rythodd Huw yn big arni nes sylwodd o arna i. Ges inna'r un edrychiad. Wenis i'n ôl, gystal â deud 'Jest tria hi rywbryd, washi.'

Trodd Huwcyn a cherddad at y drws a disgwl yno'n ddiamynadd nes bod Olwen Angharad wedi gorffan llofnodi a rhoid ordors i Siân ynglŷn â'r jobsus roedd honno i'w gneud bora wedyn. 'O'r diwedd,' medda fo wrth Olwen gan agor y drws efo un law ac estyn y llall i'w hel hi allan. Gwarfodd ein llygaid ni eto am eiliad ac wrth i'r drws gau ar eu hola nhw mi glywis o'n holi: 'Pwy yw e?'

Roddodd Siân naid bach pan nesis i at y ddesg.

'Mr Jones!'

'Dewi, Siân . . . '

'Anghofies i bo chi 'na.'

'Un diymhongar ydw i.'

'So i'n gyfarwdd â iaith y Gogledd. Beth mae 'na'n feddwl? Stwbwrn? *Pushy?*'

'Agos i'n lle.'

'Gwed ti.'

'Twrna arall ydi'r "sboner"?' medda fi ar ôl i Siân drefnu apwyntiad/*appointment* imi, pnawn wedyn.

"Da Goldberg & Humphreys, yng Nghaerdydd. Ffyrm tad Ms Angharad.'

'Pam nad ydi hitha hefo nhw?'

'Cwmni mawr sy'n arbenigo mewn *company and commercial law* yw e. Ma'n well 'da hi helpu pobol y Cymoedd – yn enwedig menywod. A bod yn annibynnol.'

'Chwara teg iddi,' medda fi'n sychlyd.

Y rheswm fedris i fynd i Ponty'n pnawnia oedd 'mod i ar shifft nos, 'rwsnos honno. Roedd well gin i hynny na gweitho'n dydd. Llai o hasls. Neb ond fi a dau *security* arall yn y siop. Dim pobol hyd y lle i fân-ladrata, neu waeth fyth, i holi cwestiyna blydi gwirion fel 'lle ma'r *Marmite*? Faint ydi deuddag owns mewn *kilos*?' Neu gwyno bod bagiad o datws ddwy geiniog yn ddrytach 'rwsnos yma.

Y gath ydi'n hoff anifal i. Ma' elfenna da a drwg natur cath ynof i. Fyddwn i'n cael 'hedd na ŵyr y byd amdano', chwadal yr emyn, wrth gerddad, gefn drymadd nos, rhwng y tunia a'r pacedi a'r poteli. Dim ond hannar dwsin o lampa gwan a gwawr las y rhewgelloedd yn goleuo'r hangar. Dim smic ond grwndi'r ffrijis, f'anadlu i'n hun ac amball wich o wadna 'nhrenyrs i.

Dyna sut oedd hi'r noson honno. Y ddau gowboi, Dave a Shane yn gwylio porn yn y Swyddfa, a'r Sheriff yn patrolio strydoedd Consumersville.

Y prawf cynta bod 'na *Apache*'n y camp oedd papur *Bounty*, ar lawr, yn yr adran *DIY*/Atgyweirio'r Cartref. Yr ail oedd bod pentwr o *video recorders* – *special purchase* yn *Electrical Goods*/Nwydau Trydanol (sic), yn llai nag oedd o pan es i rownd gynta.

Ddylwn i fod wedi deud wrth y ddau arall yn syth, a ffonio'r polîs. Dyna'r rheol. Ond toeddwn i ddim am golli'r hwyl o hela a dal Geronimo'n hun.

Wrth tsiecio drws y *restaurant*, mi welis i nad oedd hwnnw wedi'i gloi, fel y dyla fo fod. Es i i mewn yn ddistaw bach a gweld y *video recorders* a dau fag plastic llawn dan ffenast dalcan. *Luxury Chocolates* yn un a photal Bells a mwy o joclets yn y llall. Roedd un o'r paneli dan y ffenast wedi'i rhyddhau. Dynnis i o o'i le, a gweld bod y plat dros dro oedd yn clytio twll rhydlyd yng nghragan fetal y siop wedi'i ddadsgriwio. Gorweddis ar lawr, tu ôl i'r cowntar a disgwl.

Cyn bo hir, ddaeth jerro i mewn i'r *restaurant* cyn ddistawad â chysgod, efo dau fag plastig arall, llawn. Aeth at ei *exit* preifat, tynnu'r panal o'r sgyrtin a mwmial rwbath wrth rywun tu allan. Dyna pryd codis i ar fy nhraed, fflachio 'nhortsh ar y lleidar, ac yngan y geiria traddodiadol:

'*Hold it right there!*'

Plentyn oedd o. Deg yng ngola'r dortsh – pymthag, ffendion ni wedyn. Safodd o fel delw nes roeddwn i o fewn dwylath, pan dynnodd o botal wisgi o un o'r bagia a gweiddi:

'*Ger'away or I'll fuckin bottle you!*'

Gythris i. Luchiodd ynta'r botal. Falodd honno'n sindrins tu ôl imi a roeddan ni a'r nos ym Melffast. Fi'n sowldiwr a'r lleidar yn *Fenian*.

Lwc bod y *Danish Blue* wedi darfod neu fasa Steve a Shane ddim wedi clwad y botal yn malu na'r hogyn yn gwichian. Duw a ŵyr be fydda wedi digwydd – roedd digon o olwg arno fo fel oedd hi. Ac ar y *restaurant* oedd â'i waed o drosti.

'*You didn't half give him a pastin', Dewi,*' medda Steve dew, ganol oed â thinc feirniadol yn ei lais.

'*Not half enough,*' medda Shane anferthol o dew, 21, a bygwth peltan i Geraint – 'run enw â fy mab i'n hun. '*I know this little cunt. He's from Trebannog. Got a cousin in Fruit and Veg. I bet it was him that made the hidey-hole under the salad display cabinet.*'

Roedd gin i ofn basa'r plismyn o'r un farn â Steve ond longyfarchon nhw fi.

'You done us a favour. Dewi,' medda'r Sarjant. *'This kid's on heroin and everythin' else he can lay his hands on. Out thievin' every night to feed his addiction. What you done's the only thing could stop him for a bit. It was self-defence, butt. He tried to maim you, didn't he?'*

Braslun moel o'r helynt gafodd Dei, pan godis i, ganol dydd. Welwn ei fod o'n ama hynny, felly rhosis i ddim yn y tŷ wedi 'mhanad a ffag. Es i lawr i Ponty ar y trên a chan fod gin i ddwy awr i'w lladd a hitha'n sych, mi gerddis o gwmpas y Parc ac ista ar fainc bob yn hyn a hyn i smocio a synfyfyrio.

Neb yno ond fi, amball i bensionîr a dau foi ifanc mewn gwasgoda oren yn codi planhigion wedi gwywo. Dwrnod hydrefol, llonydd. Haul oer a dail y coed yn crino. Ddaeth 'na linall o farddoniath i 'mhen i o rwla: 'Marw'n hardd er mor hen yw.' Byd arall. Oes arall.

Toedd y rhan fwya o betha aeth drw'n meddwl ddim yn hardd o gwbwl. Ond mi aeth yr amsar ac roeddwn i ddeng munud yn hwyr.

Toedd Olwen Angharad ddim dicach.

'Ma'n bosib, Mr Jones, y galla' i gynnig disgownt ichi ar y ffî,' medda hi ar ôl mynd â fi drw'r gwaith papur yn effeithiol dros ben.

'Am mod i'n siarad Cymraeg?'

'Nage.' Gwên gynnil. 'Oherwydd eich gyrfa filwrol.'

'Ydi pawb sy'n *ex-army*'n cael . . . ?'

'Gadewch imi egluro.' Gwên broffesiynol. 'Fel sonies i wrthoch chi ddoe, nagyw'r ymchwilydd annibynnol/*private investigator* rwy'n arfer 'i gyflogi ar gael rhagor. A ma' angen un arno' i ar fyrder i dynnu llunie/*photos* o dwll mewn palmant ar fin yr hewl yng Nghil-y-Coed, pentre cyn-lofaol rhyw ddwy filltir o Ponty a llun arall o hen wraig o'r enw

Mrs Eleanor Cohen. Cwmpodd hi mewn i'r twll, a ma' hi am ddod ag achos yn erbyn SWALEC ac RTC, y bwrdd trydan a'r Cyngor lleol. Ma' Mrs Cohen yn fenyw ddiddorol iawn, gyda llaw. *Watchmaker* o'dd 'i gŵr hi, mewn siop nid nepell o'r swyddfa hon. Iddewes, wrth gwrs. Gas hi 'i geni a'i magu'n Fienna, a llwyddo i ddianc, pan oresgynnwyd Awstria gan y Natsïaid, gyda llond awyren o blant Iddewig eraill, trwy haelioni'r teulu Rothschild. Roedd tad Mrs Cohen, fu farw gyda gweddill y teulu, yn y Gwersylloedd, yn olygydd un o brif bapure newydd Fienna cyn dyfodiad y Natsïaid. A wyddoch chi pwy oedd eu cymdogion nhw? Sigmund Freud a'i deulu!'

Ches i ddim cyfla i holi'r hen wraig am y dyn drws nesa. Ches i ddeud fawr mwy na phwy o'n i, a hitha mor barablus, yn lladd ar y Cyngor am neud dim byd am fisoedd i gau'r twll, a'i adael o efo dim ond ffens dila o'i gwmpas o. A'r plant gwyllt dorrodd y ffens fel bod hi wedi syrthio i mewn iddo fo ar ei ffor' adra o dŷ ei merch ryw noson pan oedd rwbath yn bod ar oleuada'r stryd.

Roedd y ferch, Amanda, yno ar y pryd, i neud panad inni a gofalu nad oedd ei mam yn cael cam gan ddyn diarth. Toedd 'na fawr o beryg o hynny, a'r hen ledi gymaint o gwmpas ei phetha, yn feddyliol, o leia.

Roedd hi wedi cael clenc gas. Thorrodd hi'r un asgwrn ond drodd un ffêr yn hegar ac roedd ei choesa, ei dwylo ac ochor chwith ei hwynab yn gleisia byw ac yn sgriffiada hyll. Lwcus nad oedd hi'n ddynas gorffol.

Yn hynny o beth roedd hi'n wahanol i Amanda, dynas smart yn ei phumdega a pherchennog tŷ tafarn poblogaidd ar gyrion Ponty. Roeddwn i wedi clwad amdano fo a'i fod o ar agor tan berfeddion am ei bod hi'n mynd efo'r *Superintendant.*

Yr unig debygrwydd rhwng Amanda a'i mam oedd trwyna a gwyneba hirion. Dros banad a bisgedi, ges hanas tridia Mrs C yn un o wardia hen bobol hosbitol leol. Lle dychrynllyd, medda hi. Un hen wraig yn marw o gansar, a'i theulu'n griw bach digalon o gwmpas y gwely. Un arall yn llwgu am bod ei meddwl hi'n ôl yn nyddia'i babandod, a'r staff yn rhy brysur i'w bwydo hi. Un arall wedyn, â'i meddwl hi'n iawn ond ei chorff yn hollol ddiffrwyth, a hitha'n torri ei chalon bob tro bydda *male nurse* yn sychu'i phen-ôl hi. 'Nath Mrs Cohen i Amanda addo, a finna'n dyst, y cae hi ddŵad adra i farw tasa hi'n gorfod mynd i'r hosbitol eto *'and something happened to me'.*

'And if I start going doolalee, give me a pill to help me on my way. I can't think of anything worse than being doolalee. Can you, Dewi?'

'No, Mrs Cohen, I can't,' medda fi, a mynd allan i dynnu llunia o'r twll yn y palmant.

Ddeudodd Olwen Angharad 'mod i wedi cael hwyl ar y gwaith ac mi ges y *conveyancing* yn rhad iawn. Ar ben hynny, soniodd amdana' i wrth dwrneiod erill a chan fod 'twll yn y farchnad', roddis 'nghap *security guard* ar y bachyn, cyn gneud rhagor o ddamej i neb, a dechra 'ngyrfa fel ymchwilydd annibynnol/*private investigator* llawn amsar.

Pennod 2

Chwilio am bobol fydda i fwya. Tystion fedar helpu'r amddiffyniad mewn llys barn efo *alibi*, neu trwy roi disgrifiad o ryw helynt troseddol – ffeit, er enghraifft – fydd yn cydfynd efo fersiwn y cyhuddiedig. Plant wedi dengid o gartra (neu o Gartra). Gwŷr wedi gadal eu gwragadd a *vice versa*. Pobol lwcus, wedi cael pres ar ôl hen yncl neu anti roeddan nhw wedi hen anghofio amdanyn nhw. Pobol anlwcus, wedi marw cyn etifeddu ffortiwn. Dynion sy' wedi bod yn cam-drin eu gwragadd a/neu eu plant, er mwyn cyflwyno/*serve* gorchymyn/*injunction* yn eu gorfodi i fynd i'r llys, neu rybudd/*notice* i ddisgwl gorchymyn/*injunction*.

Ma' 'na ffor' iawn a ffor' rong o gyflwyno gorchymyn llys. Ffendis i hynny'r tro cynta un.

Ffor' rong:

Cnoc-cnoc.

Platinum blondyn ifanc mewn singlet a jîns sglyfaethus a *tatoos* dros ei freichia, yn agor drws tŷ cyngor ar stad Glan-yr-Afon.

'Mr Pritchard?'

'Yeh. What you want?'

'I'm serving this injunction on behalf of . . . '

Cic yn fy nghwd.

Ffor' iawn.

Sefyll efo'r papur yn y law dde a'r ysgwydd dde at y drws.

Cnoc-cnoc. Drws yn agor. 'Run boi:

'Fuck off!'

44

'Mr Pritchard. I'm serving this injunction on you on behalf of . . .'

Cic.

Dal troed dde'r cwsmar efo'r law chwith, sgwd iddo fo ar ei gefn a rhoi'r papur yn ei law o:

' . . . Olwen Angharad a'i Chwmni, Cyfreithwyr/*Solicitors*. Bore Da/*Good Morning*.'

Ffor' slei o gyflwyno gwŷs i foi peryglus, un ddysgodd *P.I.* arall imi:

'Mr John Jones? . . . *This letter came to our house by mistake, mate. Sorry I opened it. There's here's a cheque inside. Couple of grand . . . No there isn't. It's an injunction. Good morning*.'

Job yn fy siwtio i i'r dim. Gweithio allan. Solo. Cwarfod pobol heb orfod bod yn eu cwmni drw'r dydd, bob dydd. Fedrwn i ddim diodda gormod o 'nghwmpas i ond toeddwn i ddim isio troi'n feudwy. Roedd y twrneiod fydda'n fy nghyflogi i'n hawdd gneud efo nhw – yn enwedig un glên, serchus, annwyl, arbennig iawn.

Feddylis i ddim fod gin i jans efo Olwen Angharad. Roedd gynni hi 'sponer' a finna broblema. Ond 'nath fyd o les i'n hunan-barch i, bod rhywun mor dda â rhywfaint o feddwl ohona' i.

Welis i'r gwahoddiad i'r Parti fel prawf o hynny.

Roeddwn i wedi galw i'w gweld hi efo llunia o ddrws cefn oedd â hoel llosgi arno. Dwy gleient – genod deunaw oed, wedi'u cyhuddo o'i roid o ar dân mewn ffrae efo hogan arall o'r un oed oedd yn byw yno. Ill tair yn fama sengl ac wedi bod yn llys efo'i gilydd am ddwyn o siopa. Roedd yr un yn y tŷ'n mynnu ei bod hi wedi gweld y ddwy arall wrthi'n cynna'r tân, drwy'r panal gwydr yn rhan ucha'r drws; a'r amddiffyniad yn taeru fod hynny'n amhosib, am mai gwydr trwchus, *fire-proof* oedd o.

Fel roeddwn i'n codi i fynd, ofynnodd Olwen: 'Beth 'ych chi'n neud nos Iau nesa, Dewi?'

'Os bydd hi fel bob nos Iau arall, darllan yr *Echo* a sbïo ar teli tan naw a lawr i'r Non-Pol efo Dei am beint a gêm o snwcyr tan amsar cau. Pam?'

'Shwt licech chi ddod i barti?'

'Wrth 'y modd.'

'Gwd. Yng nghartre'n rhieni bydd e, yng Nghyncoed, maestref y tu draw i Gaerdydd o'r cyfeiriad byddwch chi'n dod. Peidiwch becso, hala'i fap atoch chi. Bydd lot o gyfreithwyr 'co. Contacts defnyddiol. Gyflwyna' i chi iddyn nhw.'

'Well imi roi 'yn siwt ora!'

'Dim ar unrhyw gyfri, Dewi! Byddwn ni mas rhan fwya o'r nosweth – gwisgwch rhywbeth cynnes. Parti Guto Ffowc yw e.'

'Pwy 'di o, Olwen?'

'Guy Fawkes . . .'

'Ahh . . .'

Aeth 'na ias drwydda' i. Sylwodd hitha:

'Os oes trefniade erell 'da chi . . . ?'

'Dwi fod i chwara i dîm darts y Clwb. Wn i ddim fedra' i ddŵad allan ohoni . . .'

'Gnewch 'ych gore. Fydda' i'n siomedig iawn os na ddewch chi.'

A mi es. A dechra dyfaru wrth chwilio am le i barcio f'Escort pedair oed ymhlith y BMWs, Mercs, Audis a'r Volvos-telyn newydd-sbon, danlli grai yn y dreif llydan, goediog o flaen 'Afallon', cartra Eunydd Humphreys Q.C. a'i wraig Nesta; gwerth chwartar miliwn – o leia – o *circa 1935 Home Counties-style mock-Tudor*. Toedd 'rhen gar, fwy na fi, ddim yn gartrefol yno.

Wedi eu glynu ar rei o'r lampa stryd hen ffasiwn oedd yn goleuo'r dreif, taflenni gwyn gyda'r geiria 'GUTO FFOWC' arnyn nhw, a saetha'n pwyntio at lwybr o setia gloyw-ddu yn mynd rownd at gefn y tŷ. Roedd hi'n noson sych a Hydra'n brathu. Anadlis lond sgyfaint o ogla pinwydd a dilyn y saetha.

Yng nghefn y tŷ, ledodd y setia duon yn batio ar ffurf 'L', rhwng y tŷ ei hun a 'phalas grisial' o gonserfatori. Wedyn, lawnt helaeth a thu draw iddi, pafiliwn bach â tho teils coch arno fo, yn cael ei gysgodi gan ragor o goed pinwydd tal.

Yng nghanol y lawnt, yn be fu'n wely bloda, coelcerth wen yn fflamio, ac o'i chwmpas hi, yn sefyllian neu'n ista wrth fyrdda gardd neu ar feincia, tua hannar cant o ddynion a merched mewn *smart-casuals*, yn sgwrsio, chwerthin, slotian a byta, a phlant yn chwara mig o gwmpas y tân ac yn y cysgodion.

Sylwis i'n ddiweddarach fod yr oedolion yn rhannu'n ddwy genhedlaeth – 20-35 a 35-60+. Y criw hŷn oedd yn diota fwya' – gwin coch, peintia, siorts. Gwin gwyn a photeli Becks oedd ora gin y rhei iau. Bob hyn a hyn, fydda deuoedd a thrioedd o'r rheiny'n diflannu tu ôl i'r pafiliwn ac yn dŵad yn eu hola'n hapusach.

Sefis rhwng congol y tŷ a llwyn mawr o rhododendron am sbel, *sussing the scene* – arferiad greddfol, niwrotig. Roeddwn i hefyd yn chwilio am Olwen Angharad, yr unig un faswn i'n nabod, a'r unig reswm imi ddewis mynd i blith crachach Cymraeg Caerdydd yn hytrach nag ennill cymeradwyaeth fyddarol yng nghynhesrwydd Trefabon Non-Pol wrth arwain y tîm darts i fuddugoliaeth arall.

Aeth fy meddwl i grwydro a'n llgada i chwilio am sneipars yn y coed ym mhen draw'r ardd.

'Dewi! Pam 'ych chi'n sefyll man'na?'

Gymrodd hi eiliad neu ddau imi nabod Olwen Angharad, yn camu'n sionc tuag ata' i dros y lawnt. Methu cofio lle'r oeddwn i. Hitha'n edrach mor wahanol mewn tracsiwt fflamgoch efo het fach gron o'r un lliw, tebyg i gap Iddaw, ar ei chorun. Capten Tîm Hoci'r Genethod.

'Chwilio amdanach chi, Olwen,' medda fi a cherddad ati.

'Ofnes i bo' chi ddim am ddod,' medda Olwen

Angharad, ei thafod braidd yn dew a'i llgada'n sgleinio. 'Dewch i gwrdd â Dadi a Mami. Wedi 'ny ffindwn ni ddrinc a rhywbeth i'w fwyta ichi.'

Roeddwn i wedi dysgu dipyn am deulu Olwen erbyn hynny. Eunydd Humphreys Q.C., *Head of Chamber, Goldberg & Humphreys*, aelod o bob pwyllgor sy'n rhedag unrhywbeth o bwys yng Nghymru – WDA, BBC, Prifysgol Cymru, Yr Eisteddfod Genedlaethol, etc, etc. Nesta, ei wraig, yn dal i weithio fel athrawes gyflenwi/*supply teacher* yn ysgolion Cymraeg Caerdydd er y gallasa hi fforddio aros adra i helpu'r garddwr. Iwan, ddwy flynadd yn hŷn nag Olwen ac yn gweithio i ffyrm ei dad – methu bod yn y parti am ei fod o'n delio efo ryw achos yn *L.A.*). Trystan, tair blynadd yn iau na'i chwaer, cyfarwyddwr ffilm a theledu – (ar *shoot* yn Sir Benfro.)

Er mai dyn byr ydi Eunydd Humphreys – dwy fodfadd go lew'n fyrrach na'i wraig – tydi o ddim yn un i'w fychanu. Cario gormod o bwysa, fel bydd cyfreithwyr canol oed ond dim meddalwch cymeriad. Clên, cwrtais a llawn hwyl yng nghanol ei deulu a'i ffrindia – ond leciwn i ddim cael fy nghroesholi gynno fo mewn llys barn, di-euog neu beidio. Capelwr selog, 'ddim yn blês' bod ei ferch wedi rhoi'r gora i fynychu moddion gras ar ôl symud o adra i dŷ ym Mhontcanna ac yn 'grac' ei bod hi'n byw tali.

Holis i'n hun be arall, heblaw'r llgada treiddgar, glas gafodd Olwen gan ei thad.

'Nes i argraff ffafriol iawn ar E.H. wrth yfad sudd oren, fel fo'i hun. Roedd y Q.C. yn T.T., ond yn hael iawn, serch hynny, efo'i win i bawb oedd isio slochian.

Mae Nesta, mam Olwen Angharad, sy' dipyn iau na'i gŵr, yn enedigol o Aberdâr. 'Run lliw â'i merch. Dynas gall, naturiol, addfwyn iawn. Pan drodd y sgwrs i gymharu'r Cymoedd Ddoe a Heddiw a phawb ond fi wedi mopio am bod hi mor 'wyrddlas' acw rŵan, ddeudodd Mrs H. bod well gynni hi'r ardal cyn cau'r pylla, 'pan o'dd y Cymoedd yn llawn baw a bywyd'.

Ar ôl dipyn mwy o fân siarad, aeth Olwen â fi at *trestle-table* hir â *buffet* arno, ac wedi iddi lwytho 'mhlat efo cigoedd, canapés, caws, salads ac ati, ymunon ni efo'r 'spanar', Huw Alford a chwpwl arall, Gwilym a Marged Prydderch, o gwmpas un o'r byrdda bach crwn, haearn bwrw.

Ges groeso cynnas gin y tri, yn enwedig Huw, oedd yn gradur llawar mwy hwyliog â chrys rygbi glas gola a glas tywyll Cardiff RFC amdano fo, na'r bwbach ffasiynol welis i'n Swyddfa Olwen. Ysgwyd llaw'n frwd, fel tasan ni 'rioed wedi gweld ein gilydd o'r blaen.

Newydd basio'r hannar cant oedd Gwilym Prydderch ar y pryd, er ei fod o'n edrach ddeng mlynadd yn hŷn. Golwg boenus ar ei wynab bob amsar – yn enwedig wrth wenu. Feddylis i bod Marged igian mlynadd yn iau na'i gŵr, ond prin ddeg oedd rhyngddyn nhw. Gwynab tlws fel doli. Yng ngola'r goelcarth a'r lampa oedd yn hongian odd'ar y llwyni a'r gwrychoedd, roedd yn anodd penderfynu ai blondan botal ynta un naturiol oedd hi. Dipyn o'r ddau, mae'n debyg. Roedd gan Mr a Mrs Prydderch un peth yn gyffredin – dillad golff *His 'n Hers*, *sgotsh plod*, gwyrdd, glas a choch, naff.

Darlithydd yn adran electroneg y Brifysgol oedd Gwilym cyn 'arall-gyfeiro', ddiwadd yr wythdega. Dyna pam roedd o'n edrach ac yn swnio'n debycach i broffesor nag i ddyn busnas, ac yn peri imi deimlo y bydda fo fwy yn ei elfen mewn llyfrgell neu labordy na pharti.

Wedi i Olwen 'nghyflwyno i, medda Huw, gan dynnu coes a seboni Gwilym 'run pryd: 'Rwyt ti'n cael y fraint o fod yng nghwmni y Cymro Cymraeg cyfoethoca'n y byd, Dewi!'

'Meddet ti, gw'boi!'

'Ddim to, falle. Ond pan eiff *Cymricom* yn *plc* . . . ' medda Huw dan wenu a throi ata' i. 'Sdim un cwmni preifet yn y De wedi gweld shwt gynnydd mewn trosiant, elw a gwerth ei asede'n ystod y ddwy flynedd diwetha, Dewi. Pryn di siârs pan ewn nhw ar y farchnad, flwyddyn nesa.'

'*Boring, boring*!' medda Marged. 'Addawoch chi fydde dim siarad siop!'

'Cytuno,' medda Olwen a thollti gwin coch i wydra'r tri arall.

'Lle dwi 'di'ch gweld chi o'r blaen, Marged?' medda fi mor joli ag y medrwn i.

Roedd hi wrth 'i bodd:

'*Hei-di-ho*?'

'Sut?'

'*Sigl-di-gwt*?'

Dim callach.

'*Dibyn a Dobyn*?'

'Roedd Marged yn arfer cyflwyno rhaglenni plant,' eglurodd Gwil.

'Clasuron!' ategodd Huw yn selog.

'Fel gweithie Bach a Beethoven,' medda Olwen, a gadal i Marged wenu'n swil am dri churiad cyn taflud y *sucker-punch*: 'A bron mor hen!'

'Bytholwyrdd, Oli,' medda Marged, â gwên deg ar ei gwefusa, gwenwyn yn ei llgada. 'Roddes i'r gora i yrfa addawol yn y Cyfrynge, Dewi, er mwyn priodi'r dyn hyn . . . '

'Y dyn lwcus hyn!' medda Huw.

'Clywch, clywch!' eiliodd Gwilym.

Orffennodd Marged ei brawddeg yn raslon:

' . . . a bod yn fam llawn amser i Siwan a Llew. So i wedi difaru am eiliad!'

Drodd y sgwrs wedyn at byncia oedd, heblaw am Golff, yn ddiarth iawn imi – rhaglenni S4C, clecs diweddara'r BBC, yr Iaith, sut le fydda'r Cynulliad, rhagolygon tîm rygbi Cymru, llefydd newydd i fyta yng Nghaerdydd, gwylia egsotig, pres . . .

Feddylis i mai am ei fod o'n synhwyro 'mod i'n teimlo allan ohoni y trodd Gwilym ata' i a deud:

'Wyddoch chi, Dewi. Dyma'r tro cyntaf erioed imi gwrdd â ditectif preifet yn y cnawd. Y tu fas i glorie nofel.'

Holis i pa awduron oedd o'n lecio.

"Da fi chwaeth hen-ffasiwn iawn, ma' gen i ofan,' atebodd Gwilym. 'Raymond Chandler.'

'Tydw i ddim byd tebyg i Sam Spade a Philip Marlowe, Gwilym,' medda fi. 'Heb sôn am Humphrey Bogart. Peidiwch â chymryd 'ych siomi.'

'Rwyt ti'n fwy golygus na Bogy, Dewi,' medda Marged dan wenu'n hudolus. 'So ti'n meddwl, Oli?'

'Pwy odw i i anghytuno â beirniad mor graff a phrofiadol?'

Gafodd Olwen edrychiad cas gin Huw a Marged ond gymrodd Cwil arno i anwybyddu'r cripio.

'Beth rwy'n hoffi ambyti *shamus* Chandler, fel ma'r ditectif yn galw'i hunan, yw ei fod e'n troedio rhyw dir neb, rhynt y Gyfraith, ar y naill law, a Chyfiawnder ar y llall. Rhynt Moesoldeb a Chyfreithlondeb.'

'Rwy'n hoffi rhealaeth gymdeithasol nofele ditectif Americanaidd, sy' mor wahanol i rwtsh snobyddlyd *Agatha Christie & Co*,' medda Olwen Angharad. 'Thema gyson yw'r gwrthgyferbyniad rhwng golud enfawr, anfoesol cyflogwyr cyfoethog y Ditectif, â thrueni trigolion difreintiedig y *'mean streets'* – sy'n dioddef oherwydd bod y cyfoethogion mor nerthol a diegwyddor. Ac mae awdur fel Sarah Paretsky'n amlygu safle ddarostyngedig menywod . . . '

'*Guardian Woman!*' medda Huw Alford a thorri ar ei thraws hi dan wenu'n nawddoglyd. 'Oes unrhyw berthynas o gwbwl, Dewi, rhwng bywyd a gwaith ditectif preifet ffilmie a nofele, a'r hyn wyt ti'n neud?'

'Tydw i ddim wedi darllan llyfr gin Raymond Chandler na neb tebyg iddo fo er pan adewis i'r ysgol,' medda fi. 'O feddwl yn ôl, fedra' i ddim credu yn 'i Arwr o. Ofn neb na dim. Byth yn colli'i blwc. Atab, neu ddwrn, parod, bob amsar, i bwy bynnag sy'n 'i herio fo. Cadarn fel y graig. Gonast fel dur. Ac yn alcoholic.'

'Ie,' medda Huw a chlec i joch mawr o Cabarnet Sauvingnon. 'Shwt ma' bachan sy'n yfed fel ych a'n smoco fel simne'n gallu cnycho fel stalwyn?'

'Rwy'n sylwi taw sudd oren wyt ti'n yfed, Dewi,' medda Marged yn slei.

'Dwi yn smocio'n drwm,' medda fi, a thynnu pacad a leitar o 'mhocad, 'Rhag imi'ch siomi chi ormod. Fasa'r ots gynnoch chi taswn i'n tanio?'

'Dim o gwbwl,' medda Olwen a Gwilym yn boléit.

'Diolch byth bod rhywun arall ddim mor afiach o *health-conscious* â'r tri hyn,' medda Marged. 'Ma nhw'n rial *health facists*, Dewi. Gymera i ffag gen ti, os caf i.'

Cydiodd Marged yn fy llaw i wrth imi danio'i sigarét a diolch imi efo gwên gynnas barodd imi deimlo'n anghyffforddus, er nad oedd Gwilym fel tae o'n malio . . .

Drodd Huw y sgwrs o'r llenyddol i'r personol:

'Ma' Olwen yn gweud, Dewi, taw ti yw'r dic preifet gore gafodd hi erioed . . . '

'Huw!' protestiodd Olwen Angharad a'i gwynab yr un lliw â'i dillad.

'Sori, bach,' medda fynta'n goeglyd. ' "Ymchwilydd annibynnol" ddylen i weud. Rwyt ti yn sylweddoli, Dewi, bod y fenyw hyn yn iwso ti?'

Drodd hitha'r tu min:

'Rwyt ti'n anghwrtais, Huw.'

'Ma' *Olwen Angharad a'i Chwmni*'n gyflogwyr teg iawn, Huw . . . '

'So i'n gweud llai,' medda'r sbanar, yn llawn *vino chileno* a malais. 'A so i'n awgrymu am funed – am eiliad – fod dim byd . . . anweddus . . . yn mynd mlân tsha Ponty. Jest bod Oli'n trial creu rhyw fath o "Fro Gymraeg" fach lan'co. Arwyddion Cymraeg. Ysgrifenyddes Gymraeg. "Ymchwilydd Annibynnol" Cymraeg. Trueni bod cyn lleied o grwcs Cymraeg boiti'r lle i fanteisio ar y gwasanaeth!'

'Glywis i bod yr Ysgolion Cymraeg yn gneud 'u gora,' medda fi'n wamal i ysgafnhau'r awyrgylch.

'*Many a true word spoken in jest, Dewi,*' medda Marged a rhoi ei llaw ar fy llaw i. 'Paid 'nghamddeall i. Rwy'n falch ofnadw bod addysg Gymraeg yn llwyddo cystal. Ond ma' rhywbeth pwysig bownd o fynd ar goll, fel daw milodd o blant miwn, o bob haen o gymdeithas, ac o bob cefndir. 'Na beth ry'n ni'n deimlo, o leia. Ynte'fe, cariad?'

Toedd 'Ie' Gwilym na thwym nac oer.

Gnesodd Olwen: 'So ti am i'r werin ddi-Gymraeg adfeddiannu'r Iaith, Marged?'

'Wrth gwrs bo fi. Wedes i 'na. Ond ma' prish i'w dalu, on'd oes e?'

'Be 'di hwnnw, Marged?' medda finna.

'Glastwreiddio Cymreictod plant o gartrefi cynhenid Cymraeg. A gwanychu'r dimensiwn ysbrydol. 'Na pam halon ni'r hen blant 'co i Goleg Glantywi am 'u haddysg uwchradd.'

'Ysgol breifat?'

'Ma'n well 'da ni'r term "ysgol fonedd", Dewi. Boneddigeiddrwydd Cristnogol, Cymreig a'r gwerthoedd traddodiadol yw sylfeini addysg Coleg Glantywi – fel roedd hi'n arfer bod tsha Rhydyfelin a Llanharan, pan ddechreuon nhw.'

''Na ddigon o dân gwyllt geiriol,' medda Huw a chodi ar ei draed. 'Ma'n bryd inni weld a chlywed *the genuine article* – yr erthygl ddilys fel byddwch chi'n gweud tsha Ponty.'

'Grêt!' medda Marged wedi ecseitio drwyddi. 'Dere, Oli.

Gewn ni'n dwy fod yn *Hughie's Little Helpers*!'

'Cer di, Marged,' atebodd Olwen yn swta. 'Rwy' wedi addo cyflwyno Dewi i rai o'r cyfreithwyr sy' 'ma. Help iddo fe gael gwaith.'

'Whare teg iti. Pob lwc, Dewi,' medda Marged efo gwên serchus arall a dilyn Huw i gyfeiriad y pafiliwn ym mhen draw'r lawnt.

Ges sgwrs efo pump o dwrneiod i gyd. Dynion neis iawn. Gymron nhw 'nghardia 'Cwmtec' (syniad Olwen), a gaddo cysylltu. Roedd Olwen wedi 'ngadal i yng nghwmni dau o'r rhein pan ddechreuodd y tân gwyllt. Ddeudis i wrth y twrneiod bod raid imi fynd i chwilio am y lle chwech.

Ges nal o fewn teirllath i'r tŷ gin Gwilym Prydderch.

'Alla' i gael gair clou 'da chi, Dewi?'

'Siŵr iawn . . . '

''Sdim gwrthwynebiad 'da chi i drafod busnes mewn parti?'

'Dim o gwbwl. Ges i'r argraff mai dyna pam daeth rhan fwya o'r dynion yma.'

'Ry'ch chi'n iawn. A pham lai? Clywch. Dyma beth rwy' am ei ofyn ichi: faint o brofiad proffesiynol 'sda chi, Dewi, mewn *surveillance*, ys gwedon nhw?'

Sonis wrtho fo am gadw golwg ar sowldiwrs yn gwerthu eiddo'r Armi i aeloda o'r cyhoedd a siopwyr anonast, neu'n delio efo *smugglers* a *drug pushers* yn Hong Kong, a *terrorists* o'r ddwy ochr yn Ulster.

'Diddorol ofnadw,' medda Gwilym a chodi ffram ddu ei sbectol drom odd'ar ei drwyn smwt i llnau'r gwydra efo hancas wen, lân. 'Rwy' wedi fy synnu, fy syfrdanu, fod shwt bethe'n mynd ymlaen. Ry'ch chi wedi codi cwr y llen ar fyd wydden i ddim am ei fodolaeth e. Dim yw dim. Nawr 'te . . . ' Y sbectol yn ôl. 'Y rheswm holes i yw fod angen rhywun â'r sgilie 'na arnon ni. Ar y Cwmni. *Cymricom.*'

'At eich gwasanaeth, Gwilym. Be 'di'r broblam?

Lladrata? Twyllo? *Industrial espionage*?'

Pwyllodd yr *entrepreneur* a dewis ei eiria'n ofalus: 'Un o'n cystadleuwyr ni sy'n achosi bach o drafferth.'

Edrychodd o'i gwmpas braidd yn nerfus i neud yn siŵr nad oedd neb ar ein cyfyl ni cyn mynd yn ei flaen:

'Nage dyma'r lle na'r amser gore imi ymhelaethu. Allen ni gwrdd am ginio, Dewi? Rhywbryd yn y dyfodol agos?'

Wedi inni drefnu i gwarfod un o'r gloch, drannoeth, yn y *City and Vale Club* 'nid nepell o Barc yr Arfe', siarsiodd Gwilym fi:

'Peidiwch sôn wrth neb am hyn, Dewi. Neb, os gwelwch chi'n dda. Ma'n bwnc eithriadol o sensitif.'

Aeth Gwilym i gyfeiriad y pafiliwn lle'r oedd y tân gwyllt yn fflachio a chlecian, finna i mewn i'r tŷ, drwy'r *conservatory*, gan ddilyn cyfres o saetha, i gyfeiriad y Tŷ Bach/*Toilet*. Hwnnw, mewn clamp o dwll dan grisia, oedd y lle chwech mwya diwylliedig y bûm ynddo fo rioed.

Yn eich gwynebu wrth fynd i mewn roedd dau gwpwr silffoedd derw o oes Fictoria, a'u llond o lyfra a chylchgrona Cymraeg a Saesneg. Ar y llaw dde, yr orsedd wen, ac o boptu iddi, dau boster wedi eu fframio – *Beth yw'r ots gennyf i am Gymru?* T.H. Parry-Williams, a *Cofio* Waldo Williams. O 'mlaen i, yn sbïo o boster post-Refferendwm arna' i'n piso oedd Ron Davies, Dafydd Wigley, Rhodri Morgan a gwleidyddion toeddwn i ddim yn eu 'nabod.

Erbyn i mi orffan fy musnas, roedd y ffeiarwyrcs yn diaspedain yng nghefn y tŷ. Ddylwn i fod i wedi mynd adra, ond toeddwn i ddim isio pechu Olwen Angharad. Groesis y lobi o'r tŷ bach at ddrws agorad stafall a miwsig tawal yn dŵad ohoni. Yr un miwsig glywid tu allan, tasa rhywun yn medru gwrando'n fan'no.

Stafall hir oedd hon, wedi'i goleuo'n gynnil. Lle tân ithfaen, llwyd yn un pen a fflama cogio glas a melyn yn chwara ynddo fo, a dresal Gymreig a'i llond o lestri glas a gwyn, pen arall. Dwy ffenast dal bumllath orwth ei gilydd yn edrach i'r ardd. Roedd y cyrtans llaes wedi eu cau ddigon i rywun fedru anwybyddu'r fflachio ond nid y clecio a'r ffrwydro yng ngardd *Afallon* a gerddi erill yn y cyffinia.

Stafall werdd. Gwyrdd oedd prif liw'r cadeiria a'r soffa, y carpad, y cyrtans a'r papur wal. Gwahanol arlliwia'n llifo i'w gilydd. Dau dirlun lliwgar o rwla yng Nghymru ar y parad hira a phortread mawr, *Napoleonic* o Eunydd Humphreys Q.C. mewn *regalia* cyfreithiol, uwchben y lle tân.

Ar y silff ben tân, ffotograffa o'r teulu mewn fframia arian. Eunydd a Nesta igian mlynadd yn iau ac Iwan, Olwen a Trystan yn ddeuddag, naw a saith. Dau bâr o deidia a neinia. Ac ar y parad agosa at y pentan, llunia o'r tri phlentyn yn eu *cap and gowns* ar ôl graddio; ffoto o Olwen Angharad yn unorddeg, mewn gwisg Gymreig, yn cymryd arni chwara'i thelyn, ac wrth ymyl hwnnw, tystystrif enillodd hi am ddŵad yn gynta'n Eisteddfod Genedlaethol yr Urdd dan 12 oed, wedi ei fframio.

Eisteddis i ar y soffa felfad a chau'n llgada'n dynn. Gorfodi'n hun i wrando ar Mozart, neu bwy bynnag oedd o, yn y gobaith y bydda fo'n boddi'r twrw o'r ardd.

Gobaith mul wedi cael *nervous breakdown*. Toc, er fy ngwaetha, roeddwn i yng Ngorllewin Belffast, yng nghanol reiat.

Baricêds. Ceir yn llosgi. Rafins yn taflu bomia petrol at sowldiwrs a pholîs. Gweiddi. Malu. Rhegi. Amball glec gwta wrth i sneipar danio atan ni.

Finna a 'mhartnar, Brian Unsworth, yn tynnu llunia'r dihirod *for future reference*. Nes copiodd Brian fwlat yn ei ysgwydd chwith a syrthio ar ei hyd ar lawr. Fel roeddwn i'n ei lusgo fo i rwla saffach, rhuthrodd haid o *Fenians* amdanan ni. Rafins ifanc. Fasa wedi'n lladd ni 'blaw i dri sgwadi weld be oedd yn digwydd a mentro'u bywyda eu hunain i'n hachub ni. Beth bynnag ddeudith rhywun am yr Armi – ma' 'na fwy o arwyr yn'i nag yn unrhyw broffesiwn arall gwn i amdani.

'Odych chi'n iawn, Dewi?'

'Arglwydd, Olwen! Be 'dach chi'n neud yma?'

'Des i i whilo amdanoch chi. Wedodd Gwilym Prydderch bo' chi wedi mynd miwn i'r tŷ. Odych chi'n iawn?'

Gliriodd 'mhen ddigon imi fedru nodio a deud:

'Ydw. Ddes i i mewn yma ac ista' i lawr. Raid mod i wedi hepian.'

'Rhaid bod angen cwsg arnoch chi â shwt halibalŵ tu fas.'

'Ma' hi'n stafall mor braf, Olwen.'

'Odi. Odych chi'n siŵr bo chi'n olreit?'

'Ydw. Ond well imi'i throi hi. Cyn gneud ffŵl o'n hun eto.'

'Peidiwch siarad dwli.'

Steddodd Olwen Angharad wrth f'ymyl i â goblet chwartar-llawn o win coch yn ei llaw. Roedd ei thop sgarlad hi'n gorad a chrys du a gwyn, *Ponty RFC* yn golwg o dano fo. Am unwaith, toedd pob blewyn ar ei phen hi ddim yn ei le. Sylwis bod y wên fymryn yn gam a direidi'r llgada glas yn fwy pryfoclyd.

'Falle taw gwrando ar Gwilym Prydderch halodd chi i gysgu?'

'Dim o gwbwl. Hen foi difyr iawn.'

'Weles i chi'n cael *tête à tête*. Beth oedd 'da fe'i weud?'

'Holi am 'y ngwaith oedd o.'

'Ma'r hen greadur bownd o fod yn cenfigennu wrthoch chi.'

'Y Cymro Cymraeg Cyfoethoca'n y Byd yn cenfigennu wrth "*shamus*" tlawd?'

'Rwy'n tybio bydde Gwilym folon trwco pob dime 'sda fe am y profiade a'r anturiaethe ry'ch chi wedi'u cael, Dewi.'

'Ŵyr neb ond 'i fyw 'i hun, Olwen.'

'Ry'ch chi'n iawn. Ychydig wyddon ni am ein gilydd yntefe? Chi a fi, er enghraifft . . . '

'Ma' bob dim o bwys ar y *CV* geuthoch chi.'

'So i'n golygu dyddiade a ffeithie boiti addysg a gyrfa. Rwy'n sôn am nabod ein gilydd fel dou berson. Olwen a Dewi. Rwy'n credu, chi'n gweld, bod pobol sy'n gweithio 'da'i gilydd yn cyd-dynnu'n well os 'yn nhw'n ffrindie. 'Na pam ma' milwyr yn rhoi shwt bwyslais ar *comradeship*, ynte'fe? Clywch. Ma' bwyty Eidalaidd da iawn tsha Ponty – *Anna's*. Beth am gwrdd 'co am ginio, rhywbryd wthnos nesa?'

'Dwi'n gêm.'

'Gwd. Ffonwch y Swyddfa 'co fore dydd Llun a holi Siân pryd bydda' i'n rhydd, rhynt hanner awr wedi hanner dydd a dou.'

Yn y gobaith o ddysgu rwbath buddiol ynglŷn â darpargleiant, mi ofynnis yn ddiniwad:

'Rydach chi a Huw'n dipyn o lawia efo Gwilym a Marged?'

'Hy!' dirmygus. 'Huw, falle. A dim ond o achos busnes mae e a Gwilym shwt bytis. Huw yw cyfreithiwr Cymricom, chi'n gweld. Fe yw'r aelod o gwmni Dadi sydd â gofal am y cyfrif. Ac mae e a Gwilym yn bartneriaid miwn *café bar* yn yr Hayes, cartref hen bobol yn Rhiwbeina a sa' i'n gwbod beth arall.'

Drois i'r llwy bren – 'Cesan 'di Margiad!'

'Odych chi'n meddwl 'ny?'

'Digon o bersonoliath.'

' "Wyneb" rwy'n galw 'na. Gorffod imi frathu nhafod, Dewi, pan aeth hi mlaen boiti "boneddigeiddrwydd Cristnogol" a "gwerthoedd traddodiadol" Coleg Glantywi. Halodd hi Llew a Siwan bant, druain bach, er mwyn iddi hi gael galifanto. Nagodd Gwilym am iddyn nhw fynd.'

' "Galifantio"?'

Ddrachtiodd Olwen bob diferyn o'r coch o'i goblet a mynd yn ei blaen yn wawdlyd:

'Cwnu ganol dydd mewn pryd i fynd mas am ginio 'da'i ffrindie. Treulio'r prynhawn yn whare golff neu'n clebran yn *jacuzzi*'r clwb iechyd. Whare *bridge*, neu'r *New Theatre*, neu fwyta mas 'to, gyda'r hwyr. O leia un *week-end break* bob mish yn Llundain, Paris neu Rufain. Ac awr neu ddwy'r wythnos tu ôl i gownter Siop Plant Dan Anfantais i gyfiawnhau bywyd mor bwdwr.'

'Fydd Cwil ddim yn cwyno?'

'Byth. Dim ar goedd, o leia. Siwto'i gilydd, siŵr o fod – fe'n gneud yr arian a hithe'n hala fe. Mae gorffod treulio cyment o'n amser yng nghwmni dou mor *boring* am resyme mor bitw, anonest a materol, yn hala i'n benwan . . . '

Dyna pryd ffrwydrodd tunnall o *Semtex* tu allan i'r ffenast, nes bod y tŷ'n crynu. Luchis Olwen Angharad ar lawr a deifio ar ei phen hi.

Wyddwn i toeddwn i ddim ym Melffast gyntad landis ar feddalwch cadarn Olwen Angharad a chlwad fy hun yn gweiddi dros ei sgrechian hi:

'Ma'n iawn! Ma'n iawn! Wt ti'n saff! Cheith y diawlad mo dy frifo di!'

Syllon ni'n syn i fyw llgada'n gilydd am hannar eiliad cyn dechra cusanu'n gilydd fel ffyliad.

Hi ddechreuodd – ar fy marw.

Wn i ddim am faint parodd o. Munud neu ddau. Oes. Nes imi glwad, o gyfeiriad y drws, lais dynas yn murmur, ond yn berffaith glir:

'Wel, wel, wel! Pwy fydde'n meddwl?'

Dorris i'n rhydd a chodi 'mhen. Roedd pwy bynnag fuo 'no wedi diflannu.

'Dewi! Beth 'ych chi'n feddwl 'ych chi'n neud?' medda Olwen Angharad, yn dal o dana' i, a'i breichia wedi eu lapio'n dynn am fy nghefn.

'Sori, sori, sori,' medda fi a stryffaglio ar fy nhraed.

Neidiodd Olwen Angharad odd'ar y llawr a rhedag allan.

Eisteddis inna ar y soffa a gwasgu 'nwylo am fy mhen. Gododd swn rhwng ochenaid a rigian o waelodion 'mherfadd i:

'O. . . O . . . O . . . Y blydi ffwl! Ddylat ti ddim fod wedi dŵad yma! Roeddat ti'n gwbod! Y diawl gwirion! Sdiwpid, sdiwpid, sdiwpid!'

'Neis iawn, hefyd,' medda ryw sglyfath bach yng nghefn 'y mhen.

Godis cyn i neb arall ddŵad i mewn, es yn syth i 'nghar a gyrru adra.

Diolch byth 'mod i'n sobor.

Pennod 3

Gysgis i'r noson honno – ymhen hir a hwyr. Ar ôl oria o droi a throsi, yn cywilyddio, yn dyfaru ac yn casáu'n hun. A chofio bob hyn a hyn mor braf oedd yr eiliad – yr oes o orwadd ar ei phen hi yn ei chusanu hi, a hitha'n fy nghusanu i. Yn meddwl be ddeudwn i wrth Olwen Angharad, pan welwn i hi nesa. Os gwelwn i hi eto. Be ddeuda hi wrtha' i?

Dyma rei o'r meddylia gwyllt gadwodd fi'n effro:

'Fydd hi fyth isio 'ngweld i eto. Ga' i lythyr yn deud toes arni ddim "angen eich gwasanaeth chi rhagor". Naci. Siân ffonith i ddeud wrtha' i am gadw draw am fod 'Ms Angharad yn grac achos bod ti wedi cambihafio pwy nosweth. *For shame*, Dewi!' Ddaw Olwen ag achos yn f'erbyn i. Ma' ysgwyd llaw efo *feminist* yn ddigon i ddyn ga'l 'i gyhuddo o rêp dyddia hyn. A ma' hon yn dwrna. Be ddeudodd hi wrth y bobl erill yn y parti? Ma'r ddynas gopiodd ni, pwy bynnag oedd honno, bownd o fod wedi sôn wrth 'i mêts be welodd hi. Os eith y stori ar led, ddeudith Olwen Angharad 'mod i wedi 'mosod arni, er mwyn clirio'i henw'i hun. Fydd Alford, y bastad, yn mynnu bod hi'n mynd at y polîs. A Dadi. Fydd hwnnw am hongian 'nghroen ar barad Llys y Goron. Hyd yn oed os na ddaw hi ag achos, ga' i 'mlaclistio gin bob twrna'n y Sowth. Fydd Gwilym Prydderch ddim isio 'ngweld i . . . '

Pan gysgis i, ddaeth yr hunllefa arferol yn gymysg â lleoliada newydd ac aeloda newydd o'r cast. Belffast, *Fenians*, sgwadis, Brian Unsworth, bwledi, bomia, gwaed a chyrff yn gymysg ag Olwen Angharad, Gwilym Prydderch, Huw Alford, Marged, coelcerthi, tân gwyllt, Mozart, telyn, Olwen Angharad a fi'n y gwely a hitha'n cael ei saethu.

Roeddwn i'n dal i fyw efo Dei – toeddan nhw ddim wedi gorffan y gwaith plymio ac ailweirio roedd ei angan ar nhŷ i – ac er 'mod i wedi bod yn effro ers oria, chodis i ddim nes clywis i o'n mynd allan ar ei rownd foreol – Siop Pacistanis, Post, Marenghis, Llyfrgell ac adra at ginio.

Brecwast o banad, ffag a stag ar *Morning Star* Dei. Ddarllenis i ddim pellach nag *Adams and McGuiness Slam Unionist Intransigence* ar y ddalan flaen. Allan â fi i'r stesion, yn dal rhwng casáu'n hun a chwerthin am ben miri'r noson cynt. Smocio dwy ffag wrth ddisgwl am y trên. Tynnu un arall o'r pacad yn Llwyn-y-piod a'i rhoi hi'n ôl heb ei thanio pan bwyntiodd y giard fys ata' i.

Gyrhaeddodd y trên *Caerdydd Canolog* ganol dydd a laddis i'r awr cyn cwarfod Gwilym Prydderch mewn *café-bar* yn St Mary Street, yn yfad coffi, smocio a throi tudalenna'r *Times. Peace Process in jeopardy: 'N.I. on brink of the abyss'* Trimble.

'Gobeithio syrthith yr ast dros y dibyn a difa'r giwad i gyd,' medda fi a throi at y *Sports*.

Roeddwn i wedi bod, ynglŷn â ngwaith yng Ngogledd Iwerddon, mewn llefydd yn Llundan y mae'r *City and Vale Club* yn eu hefelychu – clybia'r Sefydliad sy'n rhedag *The United Kingdom of Great Britain and Northern Ireland plc.* Rheiny ydi'r *real thing*. Dynwarediad ydi'r *City and Vale*, ar gyfar y *provincials* sy'n lecio meddwl eu bod nhw'n rhedag Cymru. Silidons yn cymryd arnyn fod yn samons. Dynion bach dibwys, dan reidrwydd i argyhoeddi eu hunain a phawb o'u cwmpas, bob eiliad o'r dydd, eu bod nhw'n bwysig iawn, iawn.

'Syber. . . llednais. . . boneddigaidd. . . ffug. . . ' oedd yr ansoddeiria gododd i fy meddwl o wersi Cymraeg Dic

Welsh 'amser maith yn ôl', wrth i lipryn ifanc, gwasaidd mewn ryw fath o lifrai fy nhywys i'r *Members and Visitors' Dining Room*, ac at y bwr' lle'r oedd Gwilym Prydderch yn ista yn ei ddillad gwaith, h.y. siwt crys a thei parchus, gwerth o leia fil o bunna.

Ddisgwylis i ryw gyfeiriad, gwamal neu feirniadol, amdana fi'n mynd i'r afal efo Olwen Angharad ond soniodd Gwilym nesa peth i ddim am y parti. Jest crybwyll nad oedd o'n *'party animal'* ac y bydda fo wedi aros adra, o flaen y teli, 'blaw bod Eunydd a Nesta'n hen ffrindia, – 'ac Olwen a Huw, wrth gwrs' – a Marged 'yn dwli' ar firi o'r fath.

Ges i *mozzarella and avocado salad, Beef Wellington, sticky toffee pudding* a dau wydriad o 'win coch Bwrgwyn', a Gwilym melon, pysgodyn gwelw, *sorbet* lemon a 'photelaid o ddŵr byrlymus'. Trodd y sgwrs yn fuan iawn i sôn am ein jobsys ni, ac oherwydd bod Gwilym a finna'n ddynion sy'n bachu ar bob cyfla i ddallt y byd o'n cwmpas fymryn gwell, roedd y cyfarfyddiad yn ddifyrrach o lawar nag yr oeddwn i wedi'i ragweld. Gymris at Gwilym Prydderch. Cradur prin iawn – Cymro sy'n gneud petha. Yn achos Gwilym, dyfeisio a datblygu offer electronig a throi hynny'n waith i bobol erill ac yn elw iddo fo'i hun.

Roeddan ni ar ein coffi – di-caff i Gwilym, du cry' i mi – cyn dechreuodd o egluro pam roeddan ni yno.

'Ma' ofan 'da fi, Dewi, fy mod wedi'ch camarwain chi. Ynglŷn â'r rheswm gofynnes i ichi gwrdd â fi . . . '

Roeddwn i'n siŵr fod Olwen Angharad wedi achwyn ond medda fi mor ddi-hid ag y medrwn i: 'Ydach chi wedi newid 'ych meddwl, Gwilym?'

'Nagw, nagw.' Sbïodd i 'ngwynab i am eiliad ac i'w gwpan am hir. Wedyn mi gododd ei ben eto, fel tasa fo wedi llwyddo i fagu digon o blwc i fynd yn ei flaen:

'Y pwynt yw, Dewi . . . Y pwynt yw . . . S'da'r gwaith rwy' am ei gynnig ichi . . . a bydd perffeth hawl 'da chi i'w droi e i lawr, wrth gwrs. Ond os taw dyna fydd eich penderfyniad, alla' i ofyn ichi barchu cyfrinachedd yr hyn glywch chi?'

'Siŵr iawn, Gwilym.'

'Fel gwedes i, Dewi, so . . . 'mhroblem i'n gysylltiedig â'r gwaith. Hynny yw, â *Cymricom*. Mater personol yw e – mater sensitif. 'Na pam rwy'n falch eich bod chi'n Gymro Cymraeg. Ma'n haws i ddyn siarad am bethach fel'ny yn ei famiaith, on'd yw hi? Er bod yr agosatrwydd Cymreig yn gallu achosi anhawstere mewn rhai sefyllfaoedd. Yn y gwaith, er enghraifft . . . '

Syllodd i'w goffi eto am sbel hir.

Roedd gin i syniad go lew, erbyn hyn, be oedd yn poeni Gwilym ac yn gweld ei fod o'n dyfaru meddwl y gallwn i ei helpu o i ddatrys y broblem.

'Os ydi hi'n well gynnoch chi beidio mynd dim pellach efo'r matar ar hyn o bryd, Gwilym,' medda fi. 'Fydda i ddim dicach. Dwi wedi cael cinio bendigedig a sgwrs ddifyr . . . '

Pan gododd Gwilym ei ben fedrwn weld ei fod wedi meistroli ei gywilydd a'i bryder.

'Rwy'n ame, Dewi,' medda Gwilym Prydderch, yn dawal ond yn bendant, dan sbïo i 'ngwynab i, 'fod fy ngwraig yn anffyddlon.'

Atebis mewn llais niwtral oedd yn gyfeillgar 'run pryd, gobeithio: 'Wela i, Gwilym.'

'Odych chi'n synnu? 'Nghlywed i'n cyfadde shwt beth?'

'Neithiwr cwarfis i chi a Marged am y tro cynta.'

'Shwt argraff gethoch chi o'n perthynas ni?'

'A deud y gwir yn onast . . . 'ych bod chi'n dallt 'ych gilydd yn o lew. Yn siwtio'ch gilydd i'r dim.'

Ochneidiodd Gwilym Prydderch ac ista'n ôl yn ei gadar – 'Ie. Mae'n siŵr bo chi'n iawn. Falle taw ansicrwydd, ansicrwydd paranoid, di-sail yw'r cyfan.'

'Rydan ni i gyd yn hel meddylia, Gwilym, ar adega.'

Gwenodd am y tro cynta. Fel tasa 'ngeiria i wedi rhoi gollyngdod iddo fo:

'Rwy'n siŵr taw 'na yw e . . . ' Dwys eto. 'Ffrwyth euogrwydd . . . '

Feddylis i bod 'rhen Cwil yn mynd i gyfadda iddo fo gambihafio.

'Pam ddylach chi deimlo'n euog?'

'So hi'n llawer o sbri, Dewi, i fenyw fywiog a thalentog fel Marged, fod yn briod â hen *workaholic* fel fi. Mae'n naturiol iddi deimlo'n unig, pan rwy' oddi cartref, a'n ddiamynedd achos bod dim llawer o whant cymdeithasu arno' i, wedi dod tua thre, 'rôl dyddie o *wheeling and dealing* ac orie maith o deithio.'

'Bosib ma' gweithio llai ydi'r atab?'

''Na rwy'n obeithio'i neud, 'mhen blwyddyn, Dewi, pan aiff *Cymricom* yn gwmni cyhoeddus cyfyngedig.'

Ochenaid arall.

'Yn y cyfamser, ma'r amheuaeth – hollol annheg, mae'n debyg – fod Marged yn fy nhwyllo, yn cnoi 'mherfedd i, fel asid. Mae eiddigedd yn ymyrryd â 'ngallu i ganolbwyntio. Yn tanseilio fy iechyd. Sy' ddim gyda'r cadarnaf . . . '

'Ma' 'na gymdeithas sy'n helpu para priod sy'n cael problema, i ddallt 'i gilydd . . . '

Sonis i ddim sut methon nhw efo Heulwen a fi.

Na. Thycia hynny ddim. Fydda fo'n gorfod cyfadda i Marged ei fod o'n ei hama hi. A chan ei fod o'n ama'i amheuon . . .

'Oes gynnoch chi unrhyw sail wrthrychol i ddrwgdybio Marged? Galwada ffôn *wrong number* yn amal? A'r galwr yn rhoi'r ffôn i lawr heb ddeud gair?'

'Dim ond y ffordd bydd Marged yn bihafio am wthnos neu ragor, 'rôl imi ddod gatre, wedi bod bant.'

'Ddim yn falch o'ch gweld chi?'

'Fel arall yn hollol. Serchus iawn. Gorserchus, falle. Ond gyda phylie o oerni. A'i meddwl hi ymhell. Yn rhywle arall.

'Da rhywun arall, falle?'

Roedd hi'n bryd dŵad â'r drafodaeth i fwcwl, fel bydd yr Hwntws yn deud.

'Os ydw i'n dallt yn iawn, leciach chi imi gadw golwg ar 'ych gwraig, y tro nesa'r ewch chi i ffwr'?'

Mi nodiodd. Yn wanllyd i ddechra ac yna'n bendant.

'Rwy'n mynd mas i'r Dwyrain Pell, ymhen ychydig ddyddie, am bythewnos. Hoffwn i ichi wylio Marged yn ystod y cyfnod 'na. Heb iddi hi sylwi, wrth gwrs.'

'Fûm i'n gwatshad aeloda o'r IRA yn Londonderry am fisoedd, Gwilym, heb iddyn nhw fod ronyn callach.'

Roddodd o chwerthiniad bach od:

'So i'n meddwl ele Marged mor bell â'ch saethu chi. Ond ma' hi'n fenyw ddanjerus pan mae hi'n grac. Nawr 'te . . . '

Roeddwn i wedi anghofio ma' dyn busnas oedd Gwilym Prydderch. Roedd o'n siarad rŵan fel Cadeirydd yn dechra gweld y ffor' ymlaen yn gliriach, ar ôl cyfnod helbulus, ansicir yn hanas ei gwmni:

'Rwy'n gobeithio fydd dim 'da chi i adrodd 'nôl, wrth gwrs. Ond os ffindwch chi fod Marged yn gwneud ffŵl ohona' i, rwy' am gael tystiolaeth ddigamsyniol. Digamsyniol, Dewi.'

'Ewch chi am ysgariad?'

'Yn bendifaddau. Ma' dyn wastod yn siomedig pan fydd buddsoddiad addawol yn ffilu. Ynfydrwydd troseddol, serch hynny, yw parhau i ddodi arian mewn menter sy'n fethdaliad. *Trading into bankrupcy*, ys gwedon nhw.'

Adewis i'r *City & Vale Club* yn gyfoethocach ac yn hapusach na phan es i mewn, efo siec 'blaendal' hael Gwilym Prydderch yn fy walat, cinio rhagorol, dau wydriad o 'win coch Bwrgwyn', coffi a brandi'n fy nghylla, a mwg Havana yn fy ffroena.

Deng munud yn ddiweddarach, wrth sefyllian ar Blatfform 6 'Caerdydd Canolog', gofis am Olwen Angharad.

A sobri.

'Ffonio i ymddiheuro fydd raid imi,' medda fi wrtha' fi'n hun pan ganodd y ffôn symudol. Siân. Ms Angharad isio 'ngweld i. Cyn diwadd y pnawn, os yn bosib.

Pam? Wydda hi ddim. Medda hi.

Pennod 4

Mi ges i'n siomi ar yr ochor ora. Eto.

Y croeso a'r wên cyn g'nesad ag erioed:

'Gyrhaeddoch chi gatre'n ddiogel, 'te, Dewi? Gwd. Nawr 'te. Ma' 'da fi jobyn fydd yn rhoi cyfle i chi ddefnyddio rhagor o'ch sgilie ditectif na'r math o waith fydda i'n gynnig ichi fel arfer . . . '

Os oedd hi am anghofio, fedrwn i ddim:

'Cyn inni sôn am hynny, Olwen, ma'n rhaid imi ymddiheuro am be ddigwyddodd yn y parti. Yn y *lounge*. Y glec anfarth honno ddaru . . . Ddychrynis i. Meddwl bod rwbath wedi ffrwydro yn y stafall. Sori. Ma'n ddrwg iawn gin i.'

Chwarddodd Olwen Angharad: 'Anghofiwch e, Dewi. Ry'n ni i gyd wedi gneud pethach dwl miwn parti, 'rôl glasied neu ddou.'

'Yfis i 'run diferyn o alcohol. Nes i 'rioed ddim byd tebyg o'r blaen.'

'Peidiwch â gadel iddo fe'ch becso chi. So fe'n 'mecso i. Ddylech chi fod wedi gweld stâd rhai ohonyn nhw, erbyn diwedd y nosweth!'

Er 'mod i wedi cael maddeuant, roedd raid imi fynd yn fy mlaen. Er fy ngwaetha.

'Dim g'neud esgusion ydw i. Dwi isio ichi ddallt.'

Ddiflannodd y wên ac medda hi'n ddiamynadd: 'Clywch. Os oedd rhywun ar fai, fi oedd e.'

'Chi?'

'O'n i wedi ifed. Lot gormod. Hales i *signals*/arwyddion

camarweiniol mas. Ma'n flin 'da fi. Anghofiwn ni'r busnes.'

'Methu anghofio ydi 'mhroblam i, Olwen,' medda fi. 'Fedra' i ddim anghofio, er enghraifft, rwbath ddigwyddodd imi ym Melffast rei blynyddoedd yn ôl. Roeddwn i a 'mhartnar, Brian Unsworth, yn gwatshiad yr *IRA safe house* o dŷ arall yn y rhes gyferbyn â fo. Fuon ni yno am ddyddia'n sylwi ar bawb oedd yn mynd i mewn ac allan. Tynnu'u llunia nhw. Nodi rhifa'r ceir. Rhyw bnawn, stopiodd Cortina brown o flaen tŷ'r *Fenians*. Dau foi'n dŵad allan. Golwg amheus. Yn lle mynd i mewn i'r tŷ, gerddon nhw at geg y stryd, ar dipyn o frys. *'We've seen one of those guys somewhere,'* medda Brian. *'Yeah,'* medda fi a chofio: *'He's in the UDA'*. *Loyalists*, wrth gwrs.

'Edrychodd Brian a fi ar 'yn gilydd. *'I think we'd better get the hell out of here,'* medda fo. *'Yeah,'* medda fi a mynd am y drws. Cyn imi gymryd cam gydiodd rhyw gawr yna'n ni'n dau a'n lluchio ni'n erbyn y parad pella gan ruo nerth 'i ben. Toeddwn i fawr gwaeth. Torri 'ngarddwrn a dau lygad du. Gafodd Brian lond gwynab o wydr a cholli un llygad. 'Mhartnar fydda'n 'i chopio hi bob tro . . . Ella' i bod hi'n anodd ichi gredu bod clec y ffeiarwyrc tu allan i'r ffenast wedi gneud imi feddwl 'mod i'n y tŷ 'na'n West Belffast, Olwen. Anodd ichi ddallt, dwi'n siŵr . . . '

'Na, na, rwy'n deall yn net,' medda Olwen Angharad a gwên yn lledu'n ara dros ei wynab. Gwên garedig, annwyl iawn.

'Wyt ti'n cofio beth wedest ti, Dewi?' medda hi a'r 'ti' yn chwistrellu llawenydd drwydda' i. 'Pan neidiest ti ar 'y mhen i?'

'Ddeudis i rwbath?'

'Waeddest ti. Ma' hi'n iawn! Ma' hi'n iawn! W't ti'n saff! Cheith y diawlad mo dy frifo di!'

''Sgin i ddim co . . . '

'Oe't ti'n trial achub fy mywyd i. Yn dodi dy hunan

rhynto i a'r ffrwydrad.'

'Meddwl 'mod i . . . '

'Credu bod ti. Ac yn folon peryglu dy fywyd dy hunan i'n achub i.'

'*Reflex action* . . . '

'Dewr, serch hynny.'

Roedd anwyldeb ei gwên a'i llais yn annioddefol.

'Dwi'n dyfaru bo' fi wedi sôn, Olwen,' medda fi a thrïo cadw'n llais yn wastad.

'Alla' i weld bod fi'n embaraso ti,' medda Olwen Angharad yn ei llais arferol. 'Sori. Siaradwn ni am y jobyn hyn. Martin McLoughlin yw enw'r boi sy' miwn trwbwl . . . '

On i'n methu coelio – 'Paddy? Gwyddal? Ydach chi isio imi helpu un ohonyn nhw?'

'"Ti", Dewi. Nid "chi".'

'Sori.'

'Cymro Cymraeg, fel ma'n digwdd. Wel. Ma'n siarad Rhydfelineg rhugl. Bachgen ysgol yw Martin. Yn 'i arddege.'

'Be mae o wedi'i 'neud?'

'Ma'r Heddlu wedi cyhuddo Martin McLoughlin o ladrata beic mynydd, drud, odd'ar fachgen o Odre'r Garth pentre rhyw bum milltir o Ponty, i gyfeiriad Caerdydd, fel ti'n gwbod. Martin yn gweud taw dau fachgen o'r Bwl werthodd y beic iddo fe. 'Sneb o'r enwe roddon nhw iddo fe'n byw'n y Bwl. Ond fe ladratawyd y beic. Roedd e ym meddiant Martin. Ac ma'r crwt mewn trwbwl oni bai bo' ti'n dod o hyd i dystiolaeth sy'n profi 'i fod e'n dweud y gwir.'

'Dipyn o gontract,' medda fi a gaddo gneud be fedrwn i'n ystod yr wsnos oedd gin i cyn dechra ar job arall fydda'n rhaid imi ganolbwyntio arni am bythefnos.

'Rhywbeth diddorol?'

'Dim felly.'

'Un o'r bois gwrddest ti neithiwr gynigiodd hi iti?'

'Y . . . y naci.'

Ffoniodd Olwen mam Martin McLoughlin, Sandra, a threfnu imi alw i'w gweld hi a'i mab fora trannoeth, oedd yn ddydd Sadwrn.

Es inna adra a rhoid caniad i Chris Henley, fu efo fi'n yr *SIB* yn Hong Kong a'r Almaen. Mae o'n berchen busnas *electronic survelliance* yn Hounslow, ac roeddwn i wedi bod yn meddwl cysylltu efo fo er pan ddechreuis i fel *P.I.*

Roedd Chris yn falch o glwad gin i. Ddeudodd o y baswn i'n cael prynu neu heirio beth bynnag fyddwn ei angan am bris teg iawn, a lle i aros, i mi fedru cymryd f'amsar i chwilio'i bac o. Ddeudis baswn i'n trafaelio i Lundan drennydd.

'Ma'r Olwen Angharad 'ma'n dy ffansïo di, was,' medda Dei wrth wrando ar hanas 'nwrnod i, dros banad a ffag.

'Gin hi *fiancé*. Rhieni cefnog. Digonadd o ffrindia. Busnas 'i hun. Bob dim. Be s'gin i? Ma' hi allan o 'nghlas i, Dei. Faswn i'n idiot i feddwl ffasiwn beth.'

'Paid â rhoi dy hyn i lawr, bob gafal . . . '

'Thâl hi ddim imi feddwl am berthynas efo dynas arall, Dei, nes bydda' i wedi sadio. Sgiwsiwch fi. Angan awyr iach arna' i. Gin i betha i feddwl amdanyn nhw. Petha gwaith . . . '

Gerddis i ben draw Danygraig Street, i le mae hi'n darfod 'dan y graig', a dilyn y llwybr sy'n dringo o gylch honno i ben y Garn. Roedd hi'n noson drymaidd heb chwythiad o awal, er bod hi'n fis Tachwadd, ac roeddwn i'n chwysu erbyn cyrraedd y copa. Fan'no bydda i'n mynd pan fydda' i angan llonydd.

Steddis i ar garrag lefn ac edrach i lawr ar y Cwm. Yng ngola dydd, mae o fel powlan fawr, frown a strydoedd y pentrefi'n glynu i'w hochra hi fel stribedi o bast dannadd llwyd. Mae hi'n olygfa dlysach, liw nos, a'r strydoedd wedi'u goleuo gin gannoedd o lampa oren a gwyn.

'*O ddinas fechan Bethleham . . . Dawel nos, sanctaidd nos . . . Ac ar y ddaear tangnefedd i ddynion o ewyllys da*' oedd y geiria ddaeth i fy meddwl wrth imi ista ar ben y Garn yn trïo rhoid y byd yn ei le, er bod 'na fwy o ddrygioni'n mynd ymlaen yno, 'radag hynny, na chefn dydd gola – diawlad diegwyddor yn gwerthu drygia i blant; rheini'n torri i mewn i dai ac yn andwyo hen bobol i gael pres i brynu'r sothach; dynion yn colbio'u gwragadd; merched yn gadael eu teuluoedd i fynd efo'r ffansi man diweddara; plant bach yn gwyliad porn ar y teli tra bod y rhieni'n cwffio neu'n meddwi neu'n smocio *dope*. Byd diawledig.

'O'et ti'n trial achub fy mywyd i. Yn dodi dy hunan rhynto i a'r ffrwydrad.'

Roeddwn i wedi cymryd ata pan awgrymodd Dei bod gin i jans efo Olwen, ond fedrwn i ddim peidio meddwl yn synfyfyriol, mor braf fasa hi . . .

Taswn i'n iawn.

Orfodis i'n hun i ganolbwyntio ar y ddau gês oedd gin i ar fy mhlat ond toedd 'na ddim fedrwn i blanio. Gaeis i'n llgada a disgwl i'r meniw arferol o olygfeydd cas lenwi 'mhen i ond yn lle hynny mi welis wyneba Geraint a Delyth; Heulwen a fi, newydd briodi; gwên Olwen Angharad – petha da oedd wedi digwydd imi.

'Faswn i'n iawn taswn i'n cael byw'n fa'ma, ar 'mhen 'yn hun,' medda fi'n uchal, i'r geiria olygu mwy na meddylia gwirion. 'Faswn i ddim traffarth i neb. Jest meddwl am y bobol dwi'n garu, heb 'u brifo nhw . . . Wt ti'n caru Olwen Angharad? Be dâl meddwl ffasiwn beth? Rydan ni mor wahanol. Wedi byw mewn dau fyd mor annhebyg. A hyd yn oed efo hi, fydda petha siŵr dduw o fynd o chwith. Fydda hi'n 'y nghasáu i a finna'n casáu'n hun, saith gwaeth . . .'

Hogyn pedair ar ddeg, pryd gola, llabwst mawr am ei oed oedd Martin McLoughlin, yn byw efo'i fam a'i ddwy chwaer iau na fo, Bethan a Kylie, yn un o strydoedd diwylliedig stad anferthol Glan-yr-Afon – Shelley Avenue, tafliad potal gwrw o Milton Drive, Shakespeare Avenue a Wordsworth Close.

Dau damad o ddynas oedd Sandra, a'i gwallt, ei gwynab, ei jîns a'i chrys-Ti i gyd wedi colli eu lliwia. Dim rhyfadd toedd fawr o gnawd ar esgyrn Sandra, gan ei bod hi'n gweithio mewn siop ffrwytha yn Ponty yn ystod y dydd a thu ôl i'r bar yn unig bŷb Glan-yr-Afon, bob nos. Toedd 'na ddim golwg bod neb wedi cymryd lle Mr McLoughlin. Syndod. Y drefn arferol, dyddia hyn, pan fydd dyn yn gadal ei deulu, ydi i'r ddynas gael boi iau yn ei le fo cyn i'r cynfasa oeri. Er gwaetha'i phroblema a helyntion diweddara'r mab roedd Sandra'n llawn sbort a mi ges groeso cynnas yn 114 Shelley Avenue.

Roedd Sandra'n awyddus iawn i weld ei phlant yn dŵad yn eu blaena. Dyna pam gyrrodd hi nhw i ysgolion Cymraeg. Saesnag oedd iaith yr aelwyd, wrth gwrs, a dyna siaradwyd fwya'. Roedd mwy o raen ar hynny o Gymraeg glywis i gin Martin a'r ddwy hogan nag ar iaith y plant yn y gyfres honno ar S4C. (Gas gin Dei hi. Fasa'n well gynno fo 'weld y Gymraeg yn marw na'n cael 'i chadw fel bratiaith i roid jobsys i feibion a merched pregethwrs'.)

Roedd Sandra'n credu be ddeudodd Martin wrthi ac yn ofni basa'r lladrad chyflawnodd o mo'ni ar record ei mab am byth.

Stori Martin oedd ei fod o a thri o'i ffrindia'n cicio pêl rhyw fora Sadwrn ar glwt o gae trionglog, tu cefn i gampws y Coleg Technegol. Ddaeth 'na ddau hogyn diarth, hŷn na nhw, o rwla ar feics, a rowndio ar y lôn uwchben y cae am sbel, cyn dŵad i lawr a gofyn am gêm. Hynny fu.

Haff-teim, ddeudodd un o'r hogia diarth ei fod o awydd gwerthu ei chwip o feic mynydd gyntad medra fo, er mwyn prynu motobeic am bris anhygoel o isal – os medra fo godi'r pres o fewn dwrnod. Roedd y beic mynydd yn werth dau gant a hannar, o leia, ond mi gymera ganpunt, *cash*.

Roedd y pres gin Martin yn y tŷ, am ei fod o wedi bod yn hel ei gyflog rownd bapur ers misoedd at brynu'r union beth. A dyna 'nath o. Wsnos yn ddiweddarach, stopiwyd o'n y stryd, o flaen ei dŷ, gin ddau blisman mewn *patrol car*, a'i gyhuddo o ddwyn y beic odd'ar ryw hogyn o Godre'r Garth; neu o dderbyn y beic gan wbod ei fod o wedi ei ddwyn. Toedd y Glas ddim yn coelio'r stori am 'Nick' a 'Tom' o'r Bwl a toedd ffrindia ysgol Martin o'r pentra hwnnw ddim yn nabod neb felly.

Ddeudis i gnawn i 'ngora heb addo gormod.

'Yr unig fath o *lead* sy' gin i ydi'r hogyn bia'r beic,' medda fi wrth Dei, dros beint yn y Non-Pol, yn nes ymlaen. 'Ond go brin y bydd o na'i rieni'n barod i helpu Martin.'

'Ella medra i,' medda Dei. 'Ma' gin i ffrind sy'n byw ddim ymhell o Odra'r Garth. Ma' Tom James yn nabod 'i batsh. Ro' i ganiad iddo fo ac ella bydd o wedi dŵad o hyd i gliw neu ddau ichdi erbyn dei di'n d'ôl o Lundan.'

Yn Bielefeldt y bu Chris Henley a fi efo'n gilydd gynta, ac wedyn yn Hong-Kong. Hwnnw oedd yr amsar gora, nes i betha fynd o chwith rhyngdda i a Heulwen. Roedd Chris yn briod efo'i wraig gynta, Andrea, 'radag hynny, ac efo nhw bydda Heulwen a fi'n mynd allan i fyta, chwara badminton ac ati. Hwylio efo'n gilydd ar *week-ends* hefyd, a mynd am dripia i Singapore, Bangkok a llefydd erill yn y *Far East*. Dyddia difyr iawn.

Es i Lundan ac aros am ddwy noson efo Chris ac Emma, ei drydedd wraig – llafnas dair ar higian. Drefnodd Chris ginio *reunion* efo hogia fu efo ni'n Hong-Kong a'r Almaen. Noson o hel atgofion (a hel diod), tynnu coes, pryfocio'n gilydd a rhannu profiada am fywyd yn *Civvy Street*. Sylweddolis i gymaint o hiraeth oedd gin i am yr Armi. Gymaint o feddwl oedd gin i ohoni, er gwaetha pob dim. Soniodd un o'r criw ei fod o am listio eto, wedi i'w briodas ddiweddara fynd yn ffliwt. Feddylis i mai dyna fydda ora i minna. Dim ond ar ôl gadal y Lluoedd Arfog y dechreuis i gael hunllefa, *flashbacks*, paranoia ac yn y blaen.

Rhoddodd Chris fenthyg gwerth cannoedd o'i gêr diweddara imi – sbenglas nos, dau gamera bach slei, detholiad o offer clustfeinio a recordio ac ati – ond wrth yrru adra ar hyd yr M4 mi deimlwn fwy a mwy o atgasedd a dirmyg at y swydd oedd o 'mlaen i. Sbeio ar ddynas dros ŵr oedd ddim digon o ddyn i'w herio hi. Pitw. Diraddiol. Benderfynis holi ynglŷn â mynd yn f'ôl i'r Armi gyntad ag y byddwn i wedi 'cyflwyno'r adroddiad ar hynt a helynt Marged' i Gwilym Prydderch.

Fel y cychwynnodd yr *entrepreneur* ar ei daith genhadol 'draw, draw yn China a thiroedd Japan', ddechreuis inna loetran yng nghyffinia'i gartra fo, *Genau'r Glyn* – palas o dŷ mewn erw o dir yn Thornhill, ardal grachaidd arall o Gaerdydd.

Am y tridia cynta, roedd patrwm bywyd Marged Prydderch yn debyg i ddisgrifiad Olwen. Codi'n hwyr. Cinio neis yn y dre efo ffrindia'r un mor braf eu byd. Golff wedyn am ddwyawr-dair, neu'r *gym*. Bar. Adra i newid. Swpar efo ffrindia mewn *restaurant*, yn *Genau'r Glyn*, neu yng nghartra un o'r ffrindia. Gwely hwyr. Codi'n hwyr. Ac yn y blaen . . .

Ar y pedwerydd dwrnod, symudodd Marged ddim o'r tŷ tan ganol y p'nawn. Dyna pryd y gwelis i, drwy'n sbenglas, ddrws electronig y garej dwbwl yn agor, a Mazda Sports glas yn dŵad allan, â'i do i lawr, gan ei bod hi'n sych ac yn braf, er yn oer. Roedd gin Marged gap *baseball* gwyn am ei phen, sbectol haul fawr ar ei thrwyn a digon o lupstic sgarlad ar ei gwefusa i stopio jygarnot yn stond o chwartar milltir.

Fel y caeodd drws y garej ohono'i hun, agorodd y giatia haear-bwrw ar waelod y 'lôn goed', er mwyn i'r Mazda bach chwyrnu'n dawal i mewn i Heol y Wennol, a chau tu ôl iddo fo.

Ddilynis i'r sbortscar o belltar yn yr hen Escort siabi. I Excalibur Drive â ni, a lawr Thornhill Road. Heibio'r Amlosgfa ac ymlaen at rowndabowt Gabalfa.

Am Gasnewydd yr aeth hi o fan'no, ac yn ei blaen ar hyd yr M4, dros y Bont a throi am Fryste.

Ddilynis i mo'r Mazda i mewn i garej danddaearol y *Royal Crighton Hotel* – un o'r gwestai mawr, tal, tair seran sydd wedi codi yng nghanol pob tre o bwys yn ystod y pymthag mlynadd dwytha.

On i'n ista tu ôl i'r *Financial Times* yng nghyntedd yr hotel pan ddaeth Marged i mewn a jarffio at y ddesg dan swingio'i *overnight case*.

'Gin i newydd da a newydd drwg i Gwilym,' medda fi wrtha fi'n hun. 'Y newydd da ydi: Twyt ti ddim yn paranoid. Dyna'r newydd drwg hefyd, Cwil.'

Dynnis lunia o Marged wrth y ddesg a rhei o'i char hi'n y garej. Wedyn mi gyflwynis i'n hun i un o'r *receptionists* fel *'an independent investigator from Cardiff'* a gofyn am sgwrs efo *'whoever's in charge of security, on a matter of the utmost urgency, and great confidentiality, regarding one of your guests'*.

Teddy Toleman, *ex-Superintendant, Metropolitan Police* oedd hwnnw. *Cockney* tal, cry, hy, 50+, wedi bocsio dipyn, allwn i feddwl. Sylwis ar unwaith a llawenhau fod Teddy'n gwisgo *regimental tie & blazer*. Wedi iddo fo glwad 'mod i'n *ex- RMP/SIB* toedd T.T. ddim dicach mai 'dic preifat' oeddwn i ac mai misdimanars dynas ganol oed oedd y *'matter of the utmost urgency'*. Pan gynigis ddau gant a hannar o dreulia, gofiodd Ted am ei *'Welsh Granny from Penmachno'* a toedd dim yn ormod o drafferth iddo fo.

Trefnodd Toleman fod 'Mr & Mrs H. Thomas, Pontarddulais' yn cael eu symud, efo ymddiheuriada llaes a *champagne*, i stafall arall ac un wag am y parad â hi. Fo'i hun, 'osododd addasydd diniwed yr olwg, yn cynnwys clustfeinydd electronig, mewn pwynt trydan yn stafell Mr a

Mrs Thomas' (yng ngeiria'r Awdur), fel y medrwn i glwad pob smic godinebus o drws nesa.

Roedd hi wedi chwech pan ddechreuis i wrando. Am yr igian munud nesa chlywis i ddim ond *BBC News*. Munuda o dawelwch wedyn. Yna, taswn i'n feirniad cerdd yn Eisteddfod Gadeiriol Llwyn Du ers talwm, faswn yn sôn am 'lais contralto cyfoethog, yn datgan gydag arddeliad':

Dyy-maaa gaar-iad fe-el y môr-oedd,
Too-stur-ia-aethau fe-el y llii.
Twy-sog by-wyd pur yn m-a-a-a-rw,
M-a-a-a-rw'i bry-ynu f'eeenaid i.
Pwy all beidio â choofio amdaano?
Pwy a-all beidio â thra-aethu'i glod?
Dy-y-ma, gaa-riad, nad â'n a-ang-of
Tra bo-o-o'r, ne-efoedd, we-en yn boood.

Tra oedd Marged yn sychu ei hun ges i *Trên Bach yr Wyddfa*. Be oedd hi'n neud wrth gwafro *'Fe aiff â ni i fy-y-ny ac i la-a-a-awr?'*

Roedd hi'n chwartar wedi saith ar y boi'n cyrradd.

Cnoc-cnoc. Drws yn agor. Drws yn cau. Ci'n udo. Ast yn gwichian. Y ddau'n gwehyru, rhochian, tuchan, ochneidio. Pen y gwely'n waldio'r parad.

Ddiffodis i'r derbynnydd.

' "Na' i ddim joban fel hon eto",' medda fi wrtha fi'n hun a meddwl be fasa Olwen yn feddwl ohona' i. 'Gweld bai? Go brin. Ma' hi'n ddynas gall. Gwaith ydi gwaith a ma' twrna mewn lle fel Ponty'n dallt mor flêr ydi bywyda'r rhan fwya ohonan ni.'

Es i i synfyfyrio am Olwen ac anghofio am y ddau drws nesa. Pan roddis i switsh on eto, roedd hi wedi tawelu yno. Ddisgwlis i glwad mwmial mwythlyd a swshio.Yn lle hynny – igian. Dynas yn crio. A llais dyn yn holi:

'Beth sydd? . . . Beth sy'n bod, Mags? Gwed wrtho'i . . . '

Drodd yr igian yn feichio crio. Gododd ynta'i lais:

'Ieffach! Gwed wrtho'i beth sy'n bod, ferch!'

'Popeth.'

'Feddylies i taw dagre o lawenydd o'dd rhain.'

'Dagre anhapusrwydd! Cer i grafu!'

'Odd e ddim yn iawn iti? *You fooled me, baby.* Oe't ti'n ffantastig, cariad. Fel wyt ti, wastod.'

Wrth iddo fo drio'i chusanu hi, wylltiodd hi, ei wthio orwthi, a gwatwar:

' "Oet ti'n ffantastig, cariad . . . " ' 'Na'i gyd yw e i ti, Huw. Onte'fe?'

Huw? Huw? Dim *yr* Huw?

'Nage, Mags. Sawl gwaith gorffod ifi weud wrthot ti?'

'Ie. "Bonco". "Ffwco". "Cyplu". "Cnychu". Galw e beth ti'n moyn. 'Na'i gyd yw'n perthynas ni i ti.'

'Ma' rhyw'n rhan bwysig. Wrth gwrs bod e . . . '

'Nosweth miwn *hotel* pan fydd Gwilym bant. Jwmp clou yng nghefen y BMW ar fynydd Caerffili. *Hand-job* clouach yn sedd flaen y Mazda, yn y dreif. *Sex.* 'Na'i gyd yw e iti. Rwy' wedi penderfynu, Huw.'

Ia! *Yr* Huw! Huw Alford! Huw Olwen! Huw ffrind mawr Gwilym Prydderch!

'Beth wyt ti wedi'i benderfynu?'

'Rwy' am iti brofi bod ti 'ngharu i. Neu byddwn ni'n cwpla. Heno.'

'Shwt alla' i "brofi" bo' fi'n dy garu di? Beth raid i fi weud? Beth raid i fi 'neud? Nagw i wedi'i weud a'i neud isws?'

'Cwpla 'da Olwen.'

'Rwy'n bwriadu gneud 'ny.'

'Nawr. Nawr, Huw.'

'Rwyt ti am i fi ffono hi lan?'

'Odw. Gwed wrthi ble rwyt ti a beth wyt ti'n neud 'ma.'

'Paid siarad dwli.'

Ddechreuodd Marged feicho crio ac iwsio araith gre iawn wrth i Huw drïo'i chysuro. Pan dawelodd hi, anadlodd o lond sgyfaint, ochneidio ac ymbilio:

'Mags. Granda. Rwy'n diall shwt ti'n teimlo . . . '

'Nag 'yt.'

'Rwy' inne am inni fod 'da'n gilydd drwy'r amser.'

'G'na rhywbeth ymboiti fe.'

'Unwaith gaf i bartnerieth yn *Goldberg & Humphreys*, a bydd *Cymricom* yn *plc*. 'Na beth gytunon ni.'

Cododd Marged oddar y gwely a symud yn nes at y *bug*.

'Gytunes i am bo fi'n trysto ti. So i yn, rhagor.'

'Dwy flynedd arall. Bydd e werth e. Mae e' i weld yn hir nawr . . . '

'Rhy hir. So i'n folon dishgwl rhagor.'

Roedd hi'n cerddad o gwmpas. Gododd ynta oddar y gwely a'i dilyn hi.

'Dim pan ti'n styried y blynydde gewn ni 'da'n gilydd.'

Dwi'n meddwl fod Huw wedi cydiad ynddi a hitha wedi rhyddhau'i hun o'i afal o ac ista ar y gwely.

'Rwy'n dri-deg-wyth, Huw,' medda Marged, dan deimlad. 'Ac wedi gwastraffu'r rhan fwya o'n hamser ar y ddaear. Rwy' am ddechre byw. Cyn eiff hi'n rhy hwyr. Byw 'da ti. Rhannu dy wely di bob nos. Deffro wrth d'ymyl di'n y bore. Nage ar ben 'yn hunan yng nghartre hen ddyn oeredd, rwy'n gasáu. Achos bod ti'n ormod o gachgi i 'nghymryd i oddi arno fe. Un bywyd ga' i. A so i'n folon afradu rhagor ohono fe.'

'Ry'n ni'n dou'n erfyn yr un peth. On'd 'yn ni?'

'Nagyn. Ma'r *status quo*'n siwtio ti'n iawn. Byw 'da merch y bos, sy'n santes, yn y tŷ cysurus brynodd Dadi ichi. A phan ti'n *bored*, cnychu gwraig dy bartner, sy'n hwren.'

'So ti'n hwren. So Olwen yn santes.'

'Ti sy'n iawn. Fi yw'r sant yn goddef ffor' wyt ti'n 'nhrin i. Ac Olwen fach yw'r slwten. Wyt ti'n cofio beth buodd hi a'r 'dic preifet' yn gneud pwy nosweth?'

'So i'n coelio 'na.'

'So ti'n lico meddwl am 'i ddic e'n 'i phreifets hi.'

'Alla'i gredu bod nhw'n snogo. O'dd Olwen braidd yn feddw . . . '

'Pryd gwelest ti gwrcyn a chath yn snogo? Lecet ti feddwl bod Olwen fach yn bur a difrecheulyd, a meillion yn tyfu'n ôl 'i throed.'

'Pe bydde 'na wedi digwdd, fydde Olwen wedi gorffod gweud wrtho' i.'

'Hah!'

'Bydde hi'n teimlo mor euog.'

'Wahanol i ti.'

'A tithe.'

Rydw i'n meddwl bod Huw wedi ista wrth ei hymyl hi ar y gwely. Ella ei fod o wedi rhoid ei fraich amdani a hitha wedi gadal iddo fo. Beth bynnag. Atebodd hi'n fwy cymodlon:

'Ry'n ni'n siwto'n gilydd, Huwcyn Cwsg.'

Sws.

Hi: 'Gormod. 'Na biti inni gwmpo mewn cariad.'

Fo: 'Y peth gore ddigwyddodd imi erioed.'

Hi: 'Y peth gwaetha. Roedd bywyd yn syml nes gwrddes i ti. A hyd yn oed pan oe'n ni'n bonco jest er mwyn bonco, a'r sbri o sbeito Gwil ac Oli. Ond digwyddodd e. Rwy'n dy garu di shwt gyment . . . '

Sŵn mwytho a chusanu. Wedyn:

'Pam na allwn ni jest gweud wrthyn nhw, Huw?'

Ochneidiodd o cyn atab:

'Ti'n gwbod. Bydden i mas o job. Dwy job. A 'nghartre. Bydde ysgariad ti a Gwilym yn frwnt. A'n anfanteisiol uffernol i ti, achos y *pre-nuptial agreement* gorffod iti seino.'

'Gaf i ugen mil y flwyddyn.'

'Cnau mwnci, Mags. Os sefwn ni am ddwy flynedd arall, enillwn ni'r jacpot.'

Aeth hi i dop y caitsh a sgrechian:

'Stwffa'r ffycin jacpot! So i'n folon aros gyhyd â 'na! Sawl gwaith rhaid ifi weud wrthot ti? Rwy'n mynd!'

Ges i'r argraff bod Marged wedi neidio oddar y gwely a'i bod hi'n gwisgo amdani ac yn hel ei phetha. Fynta'n ffalsio:

'Dere 'ma.'

'Gad fi fod. Y "jacpot" sy'n bwysig i ti. Nage fi.'

'Nagwyt ti na fi am gael safon byw is na beth 'ryn ni wedi arfer ag e.'

'Fydden ni ddim yn dlawd. Fyddet ti ddim whincad yn ffindo jobyn cystal â s'da ti'n awr . . . '

'Yn Llunden, falle. Rwy'n moyn sefyll yng Nghaerdydd.'

'So ti gyment o Nashi â 'na.'

'Caerdydd yw'r lle i fod nawr. Ma' lot o arian yn mynd i gael 'i neud 'ma'n ystod y blynyddoedd nesa' – ac rwy'n moyn 'yn siâr. Leicen i fod yn y Cynulliad hefyd. Bydd sawl ffortiwn i'w gneud pan geiff e ragor o bwere . . . '

'Falle cei di bopeth rwyt ti'n ddymuno, Huw. Popeth ond fi os wyt ti'n erfyn inni fyw celwdd am ddwy flynedd arall. Na, na! So i'n moyn rhagor o'r hen nonsens 'na. Na. Ishte ar y gwely os wyt ti'n moyn imi gwpla, neu rwy'n mynd. Gwd. Rof i dri dewis iti:

'Un: Pan ddaw Gwilym tua thre, weda' i bod ni'n dou'n gariadon a bo fi'n 'i adael e. Weda'i wrth Olwen, hefyd os wyt ti'n ormod o gachgi.

'Dou: Rwyt ti a fi'n cwpla. Nawr. Ffwl stop.

'Tri: Rof i wthnos arall i ti feddwl am ffordd o weithio pethach mas fel wyt ti'n moyn – miwn blwyddyn. Un flwyddyn. Deuddeg mish. Tri chant chwe deg a phump o ddyddie. Dim eiliad rhagor. Gwrdda' i ti man hyn wthnos i heno, fel drefnon ni. A bydda i'n dishgwl clywed gen ti shwt rwyt ti'n bwriadu dod â phopeth i fwcwl.'

Saib hir. Wedyn:

'Ocê, Mags. Blwyddyn.'

'Bydd malu cachu cyfreithiwr douwynebog ddim yn gneud y tro hyn. Wyt ti'n diall 'na? Os na fydd *business-plan* deche 'da ti, wythnos i heddi – gwplwn ni. Am byth. Weda' i wrth Gwilym bod ti wedi bod yn 'y nghwrso i. Af i ar 'yn linie ac erfyn arno fe i fadde imi, am fod mor wan. Ac i saco ti am 'yn sediwso i.'

Glywis i hi'n agor y drws a Huw'n ei dilyn hi gan ddeud:

'Ocê, Mags. Rwy'n addo . . . '

'Beth wyt ti'n addo?'

'Meddwl am ffordd gallwn ni'n dou fod yn rhydd i ddechre byw 'da'n gilydd ymhen blwyddyn.'

Gaeodd Marged y drws. Adewis i'r peiriant i redag am ddeng munud arall nes i Huw roi'r gora i dyngu a rhegi a mynd i foddi ei siom yn y bath. Ffonis Toleman, ddeudodd fod Marged wedi gadal yr hotel. Ddiolchis i iddo fo am y gymwynas, ei atgoffa i yrru'r teclyn yn *power-point* drws nesa ata' i drwy'r post, fel roeddan ni wedi trefnu, ddeudon ni nos dawch, ac es i'n ôl i Gymru.

Pennod 5

Drannoeth, fel roeddwn i'n paratoi'n adroddiad i Gwilym Prydderch, ffoniodd Tom James. Tra oeddwn i wedi bod yn sbeio ac yn clustfeinio ar Marged, mi fu mêt Dei yn holi yn ardal Bryn Taf a Godre'r Garth ynglŷn â'r beic y cyhuddwyd Martin McLoughlin o'i ddwyn, ac wedi dŵad o hyd i wybodaeth fasa o ddiddordab imi. Gan nad oeddwn i'n disgwl Gwilym Prydderch adra am wsnos arall, dderbynis i wahoddiad y brawd i mi a Dei alw i'w weld o'r pnawn hwnnw.

Ym Mryn Taf mae Tom James yn byw. Pentra gwerinol, rhyw bum milltir o Gaerdydd, ar lan ogleddol yr afon, gyferbyn â Godre'r Garth, sy'n fwy parchus ac ar y lan ddeheuol. Mae cartra Tom yng nghanol Andrew Terrace, rhes o fythynod mewn *cul-de-sac* cwta, godwyd ar fin yr hen lôn bost, dros ganrif a hannar yn ôl, ar gyfar dynion oedd yn cloddio'r canal o Gaerdydd i Ferthyr Tudful. Gan fod Caerdydd mor agos, mi gostia dros £100,000 i brynu un o'r rhein. Tŷ Tom ydi'r unig un sy'n dal ar rent a heb chwip o gar newydd o'i flaen o.

Wrth inni drafaelio i lawr i Fryn Taf yn yr hen Escort, soniodd Dei wrtha' i am ei ffrind. Gyfarfon nhw gynta pan joiniodd Tom 'Y Parti' ar ddechra'r chwedega. 'Dyn gwyllt iawn' cyn hynny, yn ôl Dei. '*Ex-Army*, fel chdi a fi. 'Nath ddwy flynadd o *National Service* a blwyddyn ar ben hynny. All'swn i feddwl 'i fod o wedi treulio'r rhan go-lew o'i amsar yn y *jankers*, am wahanol drosedda. Meddwi, cwffio a hwrio, wrth gwrs, ond hefyd am redag *extortion racket* yn sgriwio pres o grwyn siopwyr a thafarnwyr y dre agosa at un o'r campia buo fo ynddyn nhw'n Jyrmani. Ddisyrtiodd am dri mis a byw fel *survivalist* ar Fynydd y Garth.'

'Wedyn mi gafodd ddiwygiad a joinio'r "Parti"?'

'Mewn ffor' o siarad. Ddechra'r pumdega, roedd Tom efo'r *South Wales Borderers* mewn camp ger Lunenberg Heath, lle daeth yr Ail Ryfal Byd i ben, ac yn un o sgwad a orchmynnwyd i glirio *squatters* oedd wedi meddiannu plasty fu'n perthyn i'r *German aristocracy,* ond yn cael 'i iwsio ar y pryd fel *five star hotel* ar gyfar swyddogion *aristocratic* y *British Army of Occupation.* Tra oedd cannoedd o'r bobl leol mewn cytia, pebyll ac adfeilion. Wrthododd y *squatters* symud a phastynwyd nhw'n ddidrugaradd gin 'yn hogia ni, a'u lluchio allan i'r eira. Aed ag un i'r hosbitol, rhwng byw a marw. Hwnnw oedd y styfnica – yn cau gwllwn 'i afael ym mhyst y gwely roedd o'n gorwadd arno fo, nes i Tom golbio'i ddwylo a'i wynab o'n slwj. Roedd hi'n edifar gin Tom iddo fod mor gia'dd ac mi aeth i'r hosbitol i holi am y boi. Gafodd w'bod mai coliar oedd o, fel bu Tom 'i hun cyn y *call-up.*'

'Y profiad hwnnw 'nath i Tom ddechra meddwl, ma'n debyg. Y cam nesa oedd rhannu cell yn y *remand block* efo hogyn du o Gaerdydd. Cyn hynny, roedd Tom James yn *racist* rhonc, ond pan welodd o'r ffor' roedd Alvin yn cael 'i gam-drin gin swyddogion a rhei o'i gyd-sgwadis, mi drodd yn hollol fel arall. Adawodd Tom ar ddiwadd tair blynadd, a'r Armi'n falch o ga'l 'i warad o, ond seiniodd Alvin am bump arall, gan nad oedd o'n gweld llawar o brospects yn ôl yng Nghaerdydd. Gafodd o 'i ladd yn Cyprus ac er cof am 'i ffrind, joiniodd Tom Anti-Apartheid, oedd yn dechra 'radag hynny. Y Parti sefydlodd Anti-Apartheid yng Nghymru, a dyna sut daeth Tom James ar 'yn traws ni. Y *British Army* drodd o'n Gomiwnist. Ma' 'na obaith i chditha, Dewi.'

'Haws gin i droi'n Formon, Dei.'

'Gawn ni weld. Ma'r deialectic ar waith ynddan ni i gyd.'

'Be 'di peth felly?'

'Y *contradiction* mewnol ym mhob un ohonan ni, rhwng be ma'r Awdurdoda'n ddeud sy' er 'yn lles ni, a be sy' er 'yn lles ni go-iawn.'

'Dyna brofiad rei o hogia'ch Byddin Goch chi, yn Hwngari, *Czechoslovakia* ac Affganistan.'

'Ac aeloda o'r *British Army* yn Maleia, Suez ac Iwerddon.'

'Chlywis i ddim am rheiny.'

'Naddo, m'wn.'

'Cofiwch mai'r Catholics grefodd arnon ni i fynd yno'n lle cynta – i stopio'r lleill rhag 'u difa nhw.'

Roeddan ni wedi cyrradd y *peace line* toedd Dei na fi am ei chroesi. Dewon ni am weddill y siwrna i lawr yr A470 a'r hen lôn sy'n troi oddarni, drwy ganol pentra Bryn Taf.

Barcis i'r car o flaen capal bach Seusnag, twt a gerddon ni rhyw ddecllath i fyny'r *Private Road: Residents' parking only* at 6 Andrew Terrace. Gnociodd Dei deirgwaith efo modrwy fawr, haearn, ddu cyn daeth Tom at y drws a'n croesawu ni'n gynnas i'r tŷ dan ymddiheuro na chlywodd o monan ni ynghynt.

'It's my yurin, Dai.'

Feddylis bod Tom yn beio'i ddŵr nes iddo fo ychwanegu:

'I got an appointment with the Doc next week, for him to syringe the wax out my yurs.'

Os oedd Tom yn rafin pan oedd o'n iau, toes 'na ddim llawar o hoel hynny arno fo rŵan, heblaw bod y trwyn dipyn mwy a thipyn cochach nag y bwriadodd Natur. Tasa gin Tom locsyn i fynd efo'r gwallt a'r mwstás gwyn a'r wên ddireidus, fasa'n gneud *champion* o Siôn Corn (*light-heavyweight division*) – oni bai am ddafad fawr, gymaint â chledar llaw, ar ei foch chwith. Nid bod hi'n hyll – mae hi 'run lliw â gweddill gwynab Tom – ond fasa'r plant bach ddim yn medru tynnu eu llgada oddarni ac ella basa nhw isio'i byseddu hi.

Yn ôl Dei, roedd Tom wedi cael cynnig codi'r ddafad gin ddoctor yn yr Armi, a gwrthod. 'Pam?' holis i'n syn. 'Ches i ddim atab clir iawn gynno fo,' medda Dei, 'dim ond ryw awgrym mai dyna sut roedd petha i fod, ac mai arwydd o wendid fydda cael gwarad ohoni. Awgrymis i bod y ddafad yn rhoid esgus parod iddo fo ddechra ffeit: *'What you starin at, butt?'* Chwerthin 'nath o.'

Wrth gamu drwy'r lobi cyfyng y tu ôl i ddrws ffrynt 6 Andrew Terrace i stafall dywyll efo trawstia duon yn dal y nenfwd isal, alla dyn feddwl ei fod o mewn cilfach mewn capal pab – nes sylweddoli nad llunia Iesu Grist a'r Forwyn Fair a gwahanol Saint sy' ar y parwydydd, nac adnoda o'r Ysgrythur Lân. Naci siŵr. Lenin, Che Guevara ac Arwyr erill, anhysbys i mi. Cewri a chawresa Sofietaidd ar bosteri coch; postar Seusnag yn melltithio'r Toriaid ac un arall yn cefnogi CND. Nabodis un o lunia Dei ond wyddwn i ddim pwy oedd yr hen wraig fwyn, gwyn ei gwallt, yn gwenu o'r fffram.

'Dolores Ibarrurri, "La Pasionaria" – comiwnyddas enwog o Sbaen, ac un o arweinwyr y Weriniaeth, adag y Rhyfal Cartra,' medda fo. Ar 'i hôl hi enwon ni dy g'nithar.'

Wyddwn i mo hynny.

Genweiria, llunia o bysgod a thirlun da iawn o Fynydd y Garth gin Dewyth oedd yn addurno parwydydd y gegin fyw lle 'steddodd Dei a fi tra oedd Tom yn gneud te yn y gegin fach. Sylwis ar ffoto o ddwy ddynas ifanc a dwy o genod bach – y naill yn ddeg a'r llall yn bump, ar y silff ben tân, a ffoto arall o'r genod hefo'i gilydd ar un o'r parwydydd.

Holis Dei: 'Gŵr gweddw ydi o?'

'Naci,' medda Dei. 'Mae o a Betty'n dal yn briod, er eu bod nhw'n byw ar wahân. Roeddan nhw ar fin ysgaru ond mi sylweddolon eu bod nhw'n dŵad ymlaen yn burion ar ôl rhoi'r gora i fyw dan yr unto.'

'Roeddwn i wedi gobeithio mai rwbath tebyg fydda hanas Heulwen a fi . . . Effeithiodd 'i amsar o'n yr Armi ar 'i briodas o, Dei?'

'Soniodd o 'rioed. Mae o'n deud rŵan mai rhoid y Parti o flaen 'i deulu nath o. Bod mynychu cyfarfodydd, pwyllgora, protestiada ac ati wedi bod yn bwysicach na chwara efo'i blant a chymryd diddordab yn 'u haddysg nhw. Dyna pam ma' gynno fo gymaint o fyd efo'r ddwy wyres. Roedd yr hen Barti, y CPGB, yn un disgybledig iawn.'

'Os na fydda *comrade* yn gneud fel roedd y Parti'n deud – allan â fo?'

'Dim byd o'r fath, 'ngwas i. Hunan-ddisgyblaeth oedd o. Dyletswydd. Rhoid y Ddynoliaeth gyfa gynta. Roedd hi'n haws i mi, gan fod Gwyneth yn aelod o'r Parti hefyd. Dwi'n cofio rhyw gwarfod o'r *Welsh Committee* yn tynnu tua'r diwadd, a ninna'n trafod dyddiad y cwarfod nesa. *"Twenty-sixth of December,"* medda rhywun. *"That's Boxing Day,"* medda rhywun arall. *"It'll have to be the twenty-seventh."* Wfftio'r fath sentimentaliaeth ofergoelus, 'nath y mwyafrif a phnawn *Boxing Day* gwarfon ni.'

Ddaeth Bob yn ei ôl efo trê a thri mygiad o de â phlatiad o fisgedi arno fo, gan holi *'What do you think of this Blair, then, boys?'* a lladd ar 'fradychiad' diweddara'r Prif Weinidog. Gytunodd Dei efo pob gair. Ddeudis i ddim – jest sipian fy nhe a gwrando ar y ddau hen Gomi'n dilorni New Labour, yn hel atgofion am brotestiada', gorymdeithia' a helyntion yr oes a fu, ac yn galarnadu'r hen USSR, annwyl, lle bu'r ddau ar eu holides fel *'honoured guests of the Soviet People'.*

Roedd hi fel bod mewn amgueddfa syniada. Ges i'n hun yn pendroni sut medra dynion mor garedig, cymdogol, cydwybodol ac anhunanol â Dei a Tom James gefnogi trefn mor atgas? Sut mae dallt siom dynion mor ffeind a chymwynasgar na chaethon nhw gymryd rhan mewn gwrthryfel arfog, gwaedlyd yn erbyn trefn ddemocrataidd y wlad yma – sydd, er ei gwendida, dipyn mwy gwaraidd nag unrhyw drefn arall y gwyddon ni amdani?

Toc, gofion nhw amdana' i a ddeudodd Tom wrtha' i be wydda fo am y beic y cyhuddwyd Martin McLoughlin o'i ddwyn. Dyma be oedd o wedi'i ddarganfod trwy holi rhai o aeloda fenga 'i deulu estynedig helaeth iawn a'u ffrindia yn y ddau bentra.

Mab i ddoctor oedd perchennog y beic. Toedd yr hogyn ddim mor beniog ag y basa'i rieni wedi lecio ac oherwydd hynny, a rhag iddo fo orfod cymysgu efo ryffians Bryn Taf yn yr ysgol gyfun leol, gyrrwyd o i ysgol breifat yng Nghaerdydd.

Methiant fu hynny, ar y ddau gyfri. Roedd yr hogyn yn dal yn dwp a mi ddaeth yn llawia efo criw o rapscaliwns, beth bynnag, a dechra potshian efo cyffuria.

Gin giang o Dan-y-Castell, pentra rhyw dair milltir tua'r gogledd o Bryn Taf, y bydda fo'n cael ei stwff. Mi aeth i ddyled, fel sy'n digwydd mor hawdd, a'r *dealers* yn bygwth dial oni bai ei fod o'n talu. Rhyngddynt, mi feddylion am sgiâm i ddatrys y broblem mewn ffor' fydda'n siwtio'r ddwy ochor. Dau o'r giang yn 'dwyn' beic mynydd drud mab y doctor, yn ei werthu, a'r elw'n mynd at glirio hen gownt y cwsmar a thalu am ragor o ddrygia. Mi gai ei feic yn ôl, wedi iddyn nhw ffonio'r polis ac enwi'r lleidar – Martin McLoughlin, fel digwyddodd hi.

Gan ddilyn awgrym Tom James, mi es i â fo a dau o'r hogia oedd efo Martin McLoughlin pan brynodd o'r beic, i Dan-y-Castell, yn y car, gyda'r nos, drannoeth a'r ddwy noson ganlynol. Yrron ni o gwmpas y pentra, heibio'r llefydd bydd y bobol ifanc yn hel at ei gilydd – *bus-shelters*, parc chwara, cyffinia'r ganolfan hamdden, meysydd parcio'r tafarna. Y drydedd noson, welon ni'r llancia werthodd y beic i Martin. Dynnis i eu llunia nhw a mi roddodd y ddau hogyn o Rydyfelin ddatganiada imi, yn ategu un Martin McLoughlin.

Y cam nesa oedd ffonio'r doctor o Odre'r Garth yn fy Saesneg crandia, cyflwyno fy hun fel *'Private Investigator, formerly of the Special Investigation Branch of the Royal Military Police'* a gofyn gawn ni gyfarfod ag o *'to discuss in the utmost confidentiality a very serious matter regarding your son'*.

Hen foi digon agos-atach chi oedd y doctor. Dim byd tebyg i'r snob ddisgwylis i. Gytunon ni mai'r ffordd ora i ddynnu'r mab afradlon o'r cawl oedd i hwnnw ddeud wrth y polîs ei fod o wedi gwerthu'r beic i'r ddau hogyn o Dan-y-Castell o'i wirfodd, ac wedi palu celwydd i guddiad y gwir rhag ei rieni. Mi fydda'r Doc a finna'n defnyddio'n dylanwad efo'r heddlu i'w perswadio i beidio â chyhuddo'r mab o wastraffu'u hamsar, a'r mab yn cael ei yrru i ryw ysgol breswyl yn Lloegar, i'w gadw rhag mynd i ragor o drybini ar stepan y drws.

Es o dŷ'r doctor yn syth i 6 Andrew Terrace a chynnig hannar fy ffî i Tom. Wrthododd gymryd ceiniog. Dyna 'ngwaith i, medda fo, ac roedd o'n falch o fod wedi helpu hogyn oedd yn cael bai ar gam. Ond mi dderbyniodd awgrym diweddarach gin Dei 'mod i'n gyrru siec am £25 i'r *'Morning Star Fighting Fund'*. Tydw i ddim yn meddwl bod hynny wedi dŵad â diwadd y drefn gyfalafol na democratiaeth eiliad yn nes.

Roedd Olwen Angharad wedi gwirioni 'mod i wedi llwyddo i arbad enw da'r hogyn a'i deulu ac Ysgol Gyfun Gymraeg Rhydyfelin, a hynny mewn cyn lleiad o amsar.

'Rwyt ti'n weithiwr clou ofnadw, Dewi!' medda hi gan atodi'n slei: 'Fel sylwes i pwy nosweth!'

Gymris arna' ddigio: 'Gytunon ni i beidio sôn am hynny eto.'

'Sori,' medda hi dan wenu ac ychwanegu'n ffwr'-â-hi. 'Byddi di'n gallu canolbwyntio ar y job arall nawr . . . '

'Pa "job arall"?'

'Yr un fowr. Fydde'n para pythewnos, meddet ti . . . '

Roedd raid imi frolio. Anfaddeuol.

'Dwi wedi gorffan honno hefyd.'

'Roedd dy gleient di bownd o fod yn blês?'

'Yhhmm . . . '

'Nagoedd e?'

'Dwi heb orffan sgwennu'n adroddiad eto.'

'Wyt ti'n meddwl bydd e'n blês?'

'Gawn ni weld.'

'Yn y Parti Guto Ffowc cest ti'r jobyn ynte'fe?'

'Naci. Ddeudis i wrthach chdi.'

'Paid gwylltu.'

'Tydw i ddim.'

'Tamed bach.'

'Chdi sy'n ama 'ngair i.'

'Sori os rhoddes i'r argraff 'na, Dewi. Oes rhyw gyfrinach fawr ymboiti'r job hyn?'

'Dwi'n meddwl yr a' i,' medda fi a tharo 'mrîffces odd'ar y ddesg wrth godi ar fy nhraed. Roeddwn i heb gau'r caead a chwalodd papura a beiros ohono fo hyd y carpad. Gododd Olwen a cherddad rownd y ddesg i 'ngwylio i'n stwffio'r geriach yn ôl i'r cês.

'Rwyt ti'n nerfus iawn pnawn 'ma, Dewi,' medda Olwen Angharad. Edrychis i fyny.Toedd hi ddim yn gwenu.

'*Stress*, ma' raid,' medda fi a gobeithio nad oedd 'ngwên i'n edrach yn rhy ffals.

'Euogrwydd, weden i.'

Toeddwn i 'rioed wedi gweld yr Olwen Angharad yma o'r blaen. Ei gwynab yn welw ac ymosodol a'i llgada'n cyhuddo.

'Pam ddylwn i deimlo'n euog, Olwen?' medda fi, yn dal ar fy nghwrcwd.

'Dyna beth leicen i wbod.'

'Â i cyn imi neud dim byd gwaeth,' medda fi cyn cau'r

briffces a sythu.

Roeddan ni'n sefyll o fewn troedfadd i'n gilydd – Olwen Angharad yn craffu ar 'ngwep i, fel tae hi'n trio darllan fy meddwl. Pan siaradodd hi nesa, goelis i ei bod hi:

'Gwilym Prydderch yw dy gleient di, yntefe? Gyflogodd e ti i wylio Marged tra bydd e bant, am bod e'n ame bod hi'n cael affêr.'

'Cwestiwn hollol amhroffesiynol, Olwen,' medda fi dan gogio chwerthin. 'Dwi'n mynd.'

'Ffwcio proffesiynoldeb, Dewi!' medda Olwen Angharad.

Dyna'r tro cynta erioed imi ei chlywad hi'n codi ei llais, heb sôn am regi. Faswn i ddim wedi cael mwy o sioc tasa hi i wedi rhoid cic imi'n 'y nghwd.

'Araith, Olwen,' medda fi, yn blentynnaidd iawn.

'Cachgi!'

Poerodd Olwen Angharad y gair i 'ngwynab i mor ffyrnig gododd hi ofn arna' i. Y tro cynta i ddynas neud hynny ers dros igian mlynadd ac roeddwn i'n falch o esgus i ddengid.

'Arhosa' i ddim i ga'l f'insyltio. Dwi'n mynd.'

Cyn medrwn i, newidiodd ei gwedd a'i llais hi eto.

'Ma'n flin 'da fi, Dewi.'

'Iawn. Dwi wedi cael 'ngalw'n betha gwaeth o lawar.'

'Roedd beth wedes i'n anfaddeuol. Ishte, 'nei di?'

Fel ffŵl, mi 'nes.

Aeth Olwen yn ôl i'w chadar a steddis inna gwerbyn â hi. Dwys ydi'r gair i ddisgrifio'r olwg oedd ar ei gwynab hi. Er hynny, toedd 'na'r un deigryn ar gyfyl y llgada glas a edrychodd i fyw fy rhei i, na'r cryndod lleia yn y llais ynganodd y geiria:

'Ddarganfyddest ti bod Marged Prydderch yn mynd mas 'da dyn arall. A taw nyweddi i, Huw Alford yw hwnnw.'

Â 'dwy sefydlog fflam ei llygaid arnaf' fedrwn i ddim gwadu.

'Sut gwyddost ti?'

'Rwy'n dipyn o dditectif 'yn hunan,' medda Olwen Angharad â gwên bach drist oedd bron yn anweladwy. Ddiflannodd y wên. Saib hir. Ochenaid. 'Bues i'n ame ers amser. So pethach wedi bod yn dda rhynt Huw a fi . . . '

Steddon ni felly am hir. Fi'n trio meddwl. Olwen Angharad yn edrach drwydda' i.

'Be 'dan ni'n mynd i neud?' medda fi o'r diwadd.

Anwybyddodd hi'r cwestiwn a holi un arall:

'Wyt ti'n rhoi coel ar freuddwydion, Dewi?'

'Pam?'

'Tua blwyddyn yn ôl,' medda hi'n synfyfyriol, 'ddechreues i freuddwydio bod Huw'n gweld rhywun arall. Oedd dim rheswm . . . rhesymol 'da fi dros feddwl 'ny. A'r 'fenyw arall' yn y freuddwyd, wastod, oedd merch roedd e wedi dyweddïo 'da hi, o'r blaen. Sy'n byw yng Nghanada, ers blynydde. So i'n meddwl fod breuddwydion yn rhagweld y dyfodol ond ma' nhw'n gallu gweud pethach perthnasol am y presennol.'

'A'r gorffennol.'

'Ie. Helpu ti ddeall e. Mae'r ymennydd fel cyfrifiadur, on'd yw e? Yn prosesu ac yn cofnodi miliyne ar filiyne o brofiade, teimlade ac argraffiade bob dydd. So ni'n ymwybodol o'r rhan fwya. Ac ry'n ni'n dewis anwybyddu neu anghofio llawer o bethach annymunol. Balles i gredu galle Huw, y bachan roeddwn i'n 'i garu, ac oedd yn gweud 'i fod e 'ngharu i . . . Balles i gredu galle fe 'nhwyllo i. Ond roedd yr isymwybod yn gwybod bod e. Ac yn folon wynebu'r gwir. Y gwir sy'n lladd . . . Allbrintiade o'n isymwybod i oedd y breuddwydion. Adroddiade dilys ar beth odd yn mynd 'mlaen o dan fy nhrwyn i.'

'Pryd dechreuist ti ama Margiad?'

'Dim nes penderfynes i whare'r ditectif. Roedd hi a Huw'n fflyrto mor ddigywilydd, alle dim byd 'go-iawn' fod yn mynd mlaen rhyntyn nhw. Ac ro'en ni'n pedwar shwt ffrindie . . . Wel. Esgus bod.'

Roedd angerdd yn ei llais a gwrid ar ei gwynab:

'Es i'n fwyfwy paranoid. Ddechreues i fonitro symudiade Huw. Sylwi'n fanwl ar 'i arferion e, yn y gwaith a thu fas. Teimlo'n euog wedi 'ny am iselhau'n hunan. Yn enwedig wrth orffod cyfaddef nagoedd 'da fe achos i'w ateb. Ond cwpwl o fisoedd yn ôl, sylwes i, yn hollol ddamweiniol . . . Ma' Freud yn gweud nagoes shwt beth â 'damwain' ond ewn ni ddim ar ôl 'na nawr. Sylwes i fod Huw bant o Gaerdydd am nosweth neu ddwy, mewn cyfarfod neu gynhadledd, bob tro bydde Gwilym Prydderch dramor. A bydde Marged wastod yn cymryd *mid-week* neu *weekend break*, yn ystod yr un cyfnod.'

'Gweld cysylltiada ydi cyfrinach ditectyf da.'

'Wydden i, pan weles i Gwilym yn siarad 'da ti, â golwg bryderus ar 'i wyneb e, Noson Guto Ffowc, bydde fe'n hedfan i Japan ychydig ddyddie'n ddiweddarach. Bydde Huw mewn seminar yn Llundain – medde fe – yr wythnos ganlynol. A bod Marged wedi trefnu dou drip siopa. Nagoedd gofyn bod yn Sherlock Holmes i weithio pethach mas. *So I played a hunch, and the hunch paid off.* Ddalltes i bod Gwilym am i ti gadw golwg ar 'i wraig. Roeddwn inne, fel Gwilym druan, siŵr o fod, yn gobeithio bo' fi ar y trywydd anghywir.'

'Be w't ti am neud?' medda fi.

'Gwêd wrtho' i beth ffindest ti,' medda Olwen Angharad heb fymryn o hunandosturi yn ei llais er ei bod hi dan deimlad. 'Bydd hi'n haws penderfynu pan fydda' i'n deall yn gwmws beth yw'r *state of play*.'

Hyd y gwyddwn i, toedd 'na'r un *code of conduct and professional ethics* ar gyfar ymchwilwyr annibynnol/*private investigators* yn gwahardd imi ddeud y gwir wrth Olwen Angharad. Fel un o'r *injured parties*, roedd gynni hi hawl i wbod. Adroddis i'r hanas fel y mae o uchod ond heb rei o'r manylion.

'Wedest ti bod nhw wedi trefnu i gwrdd yn yr un gwesty'r wthnos nesa?' oedd cwestiwn cynta Olwen Angharad wedi imi dewi.

'Dyna be ddeudon nhw.'

'Gwd!'

'Be w't ti'n feddwl? "Gwd"?'

'Rwy' am fynd 'co. A'u dala nhw *in flagrante*.'

'Gynnon ni ddigon o brawf. Faint elwach fyddi di?'

'Musnes i yw 'na.'

'Paid. Plîs. Rhag mynd i drybini.'

''Sdim o'i ofan e na hi arno' i.'

'Ma' petha'n medru mynd yn flêr mewn sefyllfaoedd o'r fath. Hyd yn oed pan ma'r bobol yn barchus a diwylliedig ac yn siarad Cymraeg.'

'Ie. Rwyt ti'n iawn, Dewi,' medda hi'n feddylgar. 'Allen i neud rhywbeth fydden i'n difaru. Bydd angen tyst arno'i ta p'un . . .'

Welwn i be oedd yn dŵad:

'Ddoi di 'da fi? Dala' i ti.'

''Sgin i'm angan dy bres di. Ma' Gwilym yn ddyn hael.'

''Sdim ots. Ffinda' i rhywun.'

'I be, Olwen? Gei di gopi o'r tâp.'

Ond roedd hi'n benderfynol.

'Ma' Huw'n actor mor dda. Tafod llithrig. Wyneb hyblyg. Galwyni o *charm*, pan fydd 'i angen e. 'I ddala fe a Marged mewn sefyllfa ddiamwys yw'r unig obaith 'sda fi o godi cywilydd ar y diawl. A'i gael e i gyfadde taw fe, nage fi, sydd ar fai. Am unweth.'

Dechreuodd llgada glas Olwen Angharad lenwi.

'Iawn. Ddo' i efo chdi. Yn ddi-dâl. Ond mi fydd Teddy Toleman yn disgwl cildwrn go-lew.'

'Wrth gwrs. Gofyn iddo fe seto'r offer clustfeinio lan.

Rwy' am glywed sut mae Huw'n bwriadu iddo fe a Marged gael gwared ohono i a Gwilym, tra bo fe'n cadw'i swyddi 'da *Goldberg and Humphreys* a *Cymricom*. Allen i feddwl bydd hynny o ddiddordeb i Dadi hefyd.'

Pennod 6

Pan gerddodd Mr and Mrs D. Stanley, 38 Willow Drive, Newport, Gwent i gyntedd y *Royal Crighton Hotel*, Bryste y pnawn dydd Merchar canlynol, go brin bod yr un dyn oedd ar gyfyl y lle heb deimlo cenfigen ato fo. Roedd Mrs Stanley'n ddynas ifanc drawiadol o dlws, a'i dillad – côt *cashmere* ddu, laes, siwt sidan, las ola a chrys lliw mwyar duon o'r un deunydd – yn arwydd o chwaeth *understated, very classy*.

A barnu ar allanolion yn unig, fydda amball i wyliwr, o bosib, wedi teimlo nad oedd ganddi hitha le i gwyno. Tydw i ddim yn hardd, ond ddim yn hyll chwaith. Dros ddwy lathan o daldra, yn treulio pum neu chwech awr yr wythnos yn rhedag, nofio ac mewn *gym*, ac yn gwisgo'n smart pan fydd galwada proffesiynol ddim yn peri imi ostwng fy safona.

Wrth seinio'n y llyfr mi welwn, am ychydig eiliada, Olwen a fi drwy lygada'r staff y tu ôl i'r ddesg a'r gwesteion erill oedd hyd y lle.

'*Enjoy your stay, sir,*' medda'r boi ifanc roddodd y goriad imi â'i wên flysiog, genfigennus, gystal ag edliw '*You lucky bastard!*'

Ar ôl i Olwen Angharad glwad gin i am gambihafio Huw, roedd hi wedi ffugio ffrae efo fo, swydd digon hawdd dan yr amgylchiada, a mynd adra i *Afallon*. Yno y codis i hi'r bora hwnnw. Roeddwn i am inni fod yn y stafall mewn da bryd, rhag ofn i'r targeda ddigwydd taro arnan ni.

Ychydig o Gymraeg fu rhwng Olwen a fi yn ystod y

siwrna o Gaerdydd i Fryste. Ill dau'n gwrando ar ein meddylia'n hunan a *Classic FM*. Wrth y ddesg, gwenodd Olwen Angharad yn nerfus arna' i, fel taen ni ar ein mis mêl, ac unwaith wedyn, yn y lifft. Gyntad ag yr agoris i ddrws ystafell 306, wthiodd hi heibio imi a diflannu i'r lle chwech. Es inna ati i osod y gêr clustfeinio, yn cynnwys dau bâr o *cans*, yn ei le.

Roedd Olwen Angharad yn dal yn y lle chwech hannar awr yn ddiweddarach pan gyrhaeddodd y *waitress* efo brechdanna, dŵr potal a choffi. Wedi i'r hogan 'madal roddis gnoc, ar ddrws y *bathroom* a gofyn i Olwen os lecia hi ddŵad i gael rwbath i fyta. Ddaeth hi allan ar unwaith, wedi camddallt, â golwg ddychrynedig ar ei gwynab.

'Odyn nhw 'na? Odyn nhw drws nesa?' medda hi'n wyllt.

'Ddim eto,' medda fi a nodio at y bwr'.

''Sdim 'whant bwyta arno' i,' medda hi a gorfadd ar un o'r gwlâu a chau ei llgada. Sylwis ar hoel crio o'u cwmpas nhw.

Toedd gin inna fawr o stumog ond mi fytis rei o'r brechdana ac yfad dwy gwpanad o goffi, rhag iddyn nhw fynd yn wastraff.

Roedd Olwen wedi derbyn 'nghyngor i a dŵad â rhwbath i'w ddarllan efo hi – *Guardian*, *Western Mail* a chylchgrawn proffesiynol – ond edrychodd hi ddim arnyn nhw tra buon ni yno. Dreuliodd hi'r pnawn yn gorfadd ar y gwely mor ddiymadferth â doli glwt, heblaw am ymweliada â'r lle chwech. Roeddwn i'n dyfaru cael fy nhynnu i mewn i'r fath ffars. Llwyddis i ddengid yn ysbeidiol o Fryste'r flwyddyn 1998 i'r Falklands yn 1982 a Kuwait yn 1991 drwy dudalenna'r hunangofiant SAS diweddara.

Ychydig wedi pump, ffoniodd Toleman a murmur *'Compatriot One, female, has landed and is coming up'*.

'Ma' hi wedi cyrradd,' medda fi wrth roi'r ffôn i lawr.

'Af i i wmolch 'yn wyneb,' medda Olwen a mynd am y lle chwech tra oeddwn i'n tsiecio bod y gêr i gyd yn gweithio. Chaeodd hi mo'r drws a mi glywis hi'n trio chwydu. Cyfog gwag. Bob dim wedi dŵad i fyny ers meityn. Erbyn i Olwen ddŵad yn ôl yn edrach fel drychiolath roedd Marged yn *Room 305*.

Ddisgwylis rwtîn debyg i'r un o'r blaen. Yn ofar. Dim smic o'r teli, fawr mwy gin Marged. Es i'n ôl at fy llyfr a gadal i Olwen Angharad wrando'n astud, am awr a hannar, ar sŵn anadlu a siffrwd dillad.

Roedd hi'n tynnu am chwartar i saith y tro nesa canodd y ffôn. Teddy Toleman yn cyhoeddi: *'Compatriot Two on his way up'*. Es at y mashîn, a phasio'r negas i Olwen, gosod y ffôns dros fy nghlustia a gwrando.

Erbyn i Huw gyrradd a chnocio, roedd Olwen wrth f'ymyl i â ffôns am ei chlustia hitha. Sylwis bod gynni hi fymryn rhagor o liw. Feddylis i faint o haleliwia a griddfan o drws nesa fedra hi ddiodda cyn dengid yn ôl i'r toiled.

Croeso oeraidd gafodd Huw tro 'ma, fodd bynnag.

'Na, Huw. Paid dechre . . . '

'Dere . . . Dere . . . Rwy' mor randi â chwrcyn ar Viagra . . . '

'Na . . . Gad fi fod . . . Na!'

'Aw! . . . ieffach, Mags! Ti'n arfer dishgwl nes byddwn ni wedi cael jwmp cyn troi'n gas! Shgwl. Shgwl, fenyw! Rwy'n gwaedu!'

'Gwd.'

'Reit. Beth odw i wedi'u neud?'

'Gwêd ti.'

'E?'

'Y cynllun. Y *business plan*. Wyt ti'n cofio beth addewest ti?'

'Wrth gwrs bo' fi.'

'Beth yw e 'te? Gwêd wrtho' i.'

'So ti wedi cael bath neu gawod 'te?'

'Shwt?'

'Weda' i wrthot ti beth yw'r plan yn y bath.'

'Nage, Huw! Gad fi fod!'

Sgarmas. Wedyn llais Marged yn dod o ran gwahanol o'r stafall:

'Ma'n amlwg feddyliest ti ddim am eiliad beth gytunon ni 'rwthnos diwetha.'

'Do. Wir i ti.'

'Na. Sa' ble'r wyt ti a gwêd wrtho' i.'

'Rwy' wedi perswado Eunydd i roi rhagor o staff i weithio 'da fi ar gyfrif *Cymricom*. Dyle 'na leihau'r amser gymrwn ni i baratoi ar gyfer y lawnsiad.'

''Na'r cynllun?'

'Y cam cynta.'

'A 'na' i gyd?'

'Deuparth gwaith, ei ddechrau.'

'Sa' i'n wherthin, Huw. A gweud y gwir, rwy'n torri 'nghalon.'

'Mags . . . Marged fach . . . Paid llefen . . . Plîs, cariad. Allen i ddim gneud rhagor miwn wthnos. Wthnos uffernol o fishi hefyd.'

O gil fy llygad mi welwn fod gwynab Olwen Angharad fel carrag.

'Rwy' inne wedi cael wthnos uffernol, Huw. Uffernol o segur a diflas. Fel arfer. Dim ond un peth ar 'yn feddwl i gydol yr amser – bod 'da ti, man hyn. A gallu dechre cynllunio, o ddifri, shwt 'yn ni'n mynd i dreulio gweddill 'yn bywyde 'da'n gilydd. Nagyt ti wedi meddwl am 'na un waith, wyt ti?'

'Wrth gwrs bo fi . . . '

'Gad dy gelwdd! Gad dy gelwdd!' ar dop ei llais. Ac yna'n dawelach: 'Reit. Feddylies i bydde dim cynllun 'da ti. Felly lunies i ddou . . . '

'Gwd . . . '

"Sa nes glywi di beth 'sda fi i weud. Rof i ddou ddewis iti . . . Cynllun A: Pan ddaw Gwilym tua thre, weda' i wrtho fe amdanon ni, 'wedi dithe wrth Olwen, ac i ddiawl â'r canlyniade.'

'Cynllun B?'

'Cwpla'r berthynas. Am byth. Ac rwy'n addo, Huw, ar fywyde Llew a Siwan, os gnei di drial 'mherswado i i newid 'yn feddwl, un waith – bydd un waith yn ddigon – weda' i bopeth wrth Gwilym.'

Yn ystod y saib hir ddilynodd roedd y ddynas wrth fy ymyl i fel delw. Prin yn anadlu.

Llais Marged eto: 'So i'n disgwyl ateb gen ti nawr, Huw. Rof i wthnos i ti. Bydd hynny'n ddigon o amser iti ddewis rhynto i a . . . ', chwerthinad cwta, ' . . . Mamon?'

Saib hir arall.

Huw: 'Rho fish ifi . . . '

Marged (yn siarp): 'Na. Wthnos. Ma'n hen ddigon o amser iti neud dy feddwl lan.'

'Rwy' wedi gneud 'yn feddwl lan, Marged. Rwy' inne wedi cael llond bola ar y celwydde a'r twyllo a'r ffugio. Rwy' inne'n dyheu am inni fod 'da'n gilydd, drwy'r amser.'

Saib hir.

'Beth rwy'n moyn yw mish i drefnu'r amode gore bosib i fi adael *Goldberg & Humphreys*. Whilo jobyn arall. Whilo lle inni fyw. Tynnu arian mas o'r *joint accounts* 'sda Olwen a fi. Ac yn y blaen. Os wedwn ni pan ddaw Gwilym tua thre, byddwn ni'n dou ar y clwt. Gall mish neud lot o wahanieth. Ma'n amser hir ym myd busnes.'

'O, Huw, Huw, Huw! Wyt ti'n 'i feddwl e?'

'Odw, cariad. Wrth gwrs bo' fi.'

'Nage un o dy hen dricie di yw e?'

'Nage, cariad, nage. So i'n gweld bai arnot ti am ballu 'nhrysto i. Rwy' wedi bod yn ddiawledig o hunanol.'

'Fi yw'r un hunanol. A meddiannol . . . '

Dawodd y geiria wrth iddyn nhw gyfathrachu trwy ochneidio, tuchan â dullia mwy corfforol. Dynnis i'r ffôns oddar fy nghlustia a na'th Olwen yr un fath. Es i i'r lle chwech am smôc. 'Rhosodd hi lle'r oedd hi â'i llgada wedi'u hoelio ar y parad.

Chwartar awr a dwy *Farlboro*'n ddiweddarach, es yn f'ôl i'r 'stafall wely a synnu gweld Olwen Angharad yn clustfeinio. '*Glutton for punishment*,' medda fi wrtha fi'n hun. Ac wrthi hi:

'Be am inni ddechra hel 'yn petha? Awn ni drws nesa, gei di ddeud dy ddeud wrth Huw a heliwn ni hi'n ôl am Gymru?'

Ysgwyd ei phen 'nath hi, pwyntio at 'y nghans i, amneidio at y parad a chanolbwyntio ar beth bynnag roedd hi'n glwad.

Sef, *bedroom farce* yn troi'n ddrama.

Marged glywis i gynta. Dynas wedi'i bodloni'n gorfforol ac yn emosiynol. Ond er ei bod hi mewn cystal hwylia roedd diflastod a dirmyg yn diferu oddar y geiria:

"Sda ti ddim syniad, Huw, gymaint rwy'n 'i gasáu e.'

'Rwy'n meddwl bod, erbyn hyn.'

'Rwy'n casáu'n hunan bron cyment. Am werthu'n hun iddo fe. Rwy'n teimlo'n frwnt.'

'Oe't ti'n ifanc. Fanteisiodd e arnot ti.'

'Wyddost ti beth fydde'n fendigedig? Cyrredd y tŷ 'co a neges ar y peiriant atab. 'Heledd, P.A. Mr Prydderch sy' 'ma, Mrs Prydderch. Newch chi'n ffono' i gynted dewch chi'n ôl, os gwelwch chi'n dda?' Rwy'n ffono *Cymricom*. Heledd yn ochneidio ac yn dweud mewn llais trasig: 'Mrs Prydderch, fach . . . Newydd drwg, ma' ofan arno' i . . . Mr Prydderch . . . Ie, wedi'n gadel ni . . . Yn Yokohama, o bobman . . . Trawiad arall ar y galon . . . "'

"Na beth fydde newyddion da o lawenydd mawr!'

'Nid i'r "holl bobl", falle. I ti a fi'n reit 'i wala.'

'So fe'n debyg o ddigwdd, gwaetha'r modd. Gas e 100% *clean bill of health*, y *check-up* diwetha.'

'Medde fe, wrthot ti. 75%. Os hynny. Ma'n dal gorffod cymryd pob math o ffisig.'

'Gyflogwn ni *hit-man*. Un o'r *Russian* neu'r *Japanese* Maffia. Neu'r *Chinese Triads*. Dibynnu ble'r eiff e nesa.'

'Nigeria.'

'Ma' digonedd o *gangsters* man'co. Dylen nhw fod yn tsiepach na *Japs, Chinks* a *Russkis*.'

'Ma' cariadon wastod yn cael 'u dala pan fyddan nhw'n cyflogi bachan i gael gwared o'r gŵr. Ma'r cynllwyn wastod yn mynd o whith.'

'Odi e?'

'So ti'n darllen y papure?'

'Odw. Ond nid 'run rhai â thi.'

'Snob!'

'Aw!'

'Ma' achosion fel 'ny'n itha cyffredin. Menyw'n cyrraedd pen 'i thennyn. Yn pallu godde rhagor – byw 'da gŵr ma' hi'n gasáu, a heb yr un ma' hi'n garu. Ma'r boi ma' hi'n gyflogi i ddatrys y broblem un ai'n ionc, neu'n mynd yn syth at y polîs, a'r cariadon yn treulio blynydde maith yn y jail.'

'Beth sy'? Pam wyt ti'n llefen? Wedes i rywbeth? Mags?'

'Rwy' mor wan . . . '

'Gwan?'

'Bo' fi ddim yn folon dala am ddwy flynedd.'

''Sdim ots. Bydd e werth e i weld yr olwg ar wyneb Olwen pan weda' i wrthi beth rwy'n *really* feddwl ohoni hi. A Dadi.'

Drois i weld sut cymrodd Olwen Angharad hon'na. Chyffrodd hi ddim.

Aeth Huw yn ei flaen: 'Alla' i neud hebddyn nhw a'u swyddi. Fynna' i ddim dy golli di, Marged.'

'Ma'r holl arian 'da Gwilym a so fe'n gwbod beth i neud 'da fe. Pe byddet ti mor gyfoethog â fe, allet ti fod yn un o'r dynion mwya pwerus yng Nghaerdydd. Yng Nghymru. Ma' shwt allu 'da ti, Huw; so hi'n deg bod ti'n gorffod crafu byw.'

Sbel hir o fwmial anealladwy wedyn.

'Wedi clwad digon?' medda fi wrth Olwen.

Nodiodd Olwen i ddangos ei bod hi ond cyn inni dynnu'r *cans* oddi ar ein clustia glywon ni Marged yn deud mewn llais gyddfol, diarth:

'Rwy' wedi meddwl o ddifri amboiti lladd 'y ngŵr, Huw.'

''Mhen y mish gei di 'i wared e miwn ffordd hollol gyfreithiol. Poenus iawn iddo fe, serch hynny, yn ariannol ac yn emosiynol, os wharaewn ni'n cardie'n glefer.'

'Nage ffantasi fel heiro gangster, Huw. Ffordd o achosi 'i farwolaeth e fydde'n ymddangos yn hollol naturiol.'

'Gad hi man'na, nawr, cariad.'

'Ma' Gwilym, fel gwedes i, yn dala i gymryd meddyginieth at y galon. Ond ma'r tabledi ma' fe arnon nhw nawr lot gwannach na'r rhai cynta gas e. Pan ddechreuodd e ar y rhai newydd, wedodd y doctor wrthon ni am dwlu'r hen rai bant. Gallen nhw'i ladd e, pe digwydde fe'u cymryd nhw ar ddamwain. Gadwes i nhw.'

'Gad hi nawr, Mags,' medda fynta, ond nath hi ddim.

'Fel gwraig briod, gydwybodol, rwy'n gofalu bod fy ngŵr yn llyncu'i wahanol dabledi, ffisig, ychwanegion fitaminyddol ac yn y blaen, bob dydd. Y ddôs gywir, yr adeg iawn. Pan fydd e'n mynd bant, fi sy'n gneud yn siŵr bod e'n mynd â'r holl rwtsh 'da fe, ynghyd â siart i weud pryd i gymryd beth. A ma'n gneud 'ny. Allen i roi'r hen dabledi miwn yn lle'r rhai newydd. Bydd Gwilym ddim yn gwbod y gwahanieth.'

'Bydde 'i ddoctor. Bydde *post mortem* yn dangos pa

dabledi gymrodd e.'

'So'r doctor yn gwbod taw fi bacodd feddyginiaethe ngŵr. Camgymeriad trychinebus y claf 'i hunan fydde fe . . . '

Saib hir.

Marged eto: 'Wel? Beth 'sda ti i weud?'

'Dim ond nawr rwy'n sylweddoli gymaint rwyt ti'n 'i gasáu, Gwilym.'

'Ac yn dy garu di, Huw. Nelen i unrhywbeth i ti gael dy siawns, ac i ni'n dou gael y dyfodol ry'n ni'n moyn. O gariad atot ti a chasineb ato fe, ladden i Gwilym Prydderch.'

'Dim ond nawr rwy'n sylweddoli gyment rwy'n dy garu di . . . '

Dechreuodd yr ochneidio a'r llamswchu eto. Diffoddodd Olwen y peiriant, tynnu'r ffôns oddi ar ei phen a'i chlustia, troi ata i a deud: 'Ma'n bryd rhoi stop ar hyn'.

Gytunis ar unwaith ac ailweindio'r tâp. Stopiodd Olwen fi. 'Rwy' am iti whare'r geirie ry'n ni newydd glywed. Dyle'r ymateb fod yn ddiddorol.'

Mi deimlwn yr adrenelin yn byrlymu'n fy ngwaed, fel bydda fo pan oeddan ni ar fin torri i mewn i lochas gang o Fenians, neu hwrdy/drygdy'n Hong-Kong.

Wedi inni hel ein petha egluris i wrth Olwen Angharad be fydda trefn y moddion ac euthon ni i sefyll o flaen drws 305. Gnocis i a deud:

'Room Service. Champagne and oysters for room 305.'

Lleisia'n mwmial y tu arall i'r drws. Wedyn, llais Huw, fodfeddi orwthan ni:

'Who is it?'

'Room service, sir. Champagne and oysters. Compliments of the management.'

'We haven't ordered anything.'

'Compliments of the management, sir.'

Fel y trodd y goriad yn y clo, gamis i i'r naill du, fel bod Olwen gyferbyn â'r drws pan agorodd Huw o yn ei *bathrobe* wen a deud:

'*This is a pleasant surprise* . . . Ffycin-el! Olwen!'

'Am groeso, Huw! Gewn ni ddod miwn?'

Roedd Alford yn rhy ddiymadferth a chegrwth, am unwaith, i ddeud na gneud dim i'n rhwystro ni ei wthio fo o'r ffor' a martsio i mewn i'r stafall. Yno welon ni Marged yn ista ar y gwely dwbwl, *duvet* amdani a braw ar ei gwynab.

Gofis am y *Guards Officer* ddalis i'n y gwely efo putain wryw, du mewn hotel yn Berlin.

Safodd Olwen Angharad yng nghanol y stafall mor hyderus â tasa hi'n cyflwyno achos yn Llys Ynadon Ponty.

'Noswaith dda, Marged,' medda hi a throi at Huw oedd wedi cau'r drws ond heb symud orwtho fo. 'Dere, Huw. Ma' cwpwl o bethe 'da fi i weud wrthot ti'.

Tynnodd Marged y *duvet* dros ei phen. Er bod ceg Huw'n agor a chau wrth iddo fo nesu at Olwen a fi, toedd yr un sŵn yn dŵad allan.

'Ble wyt ti am imi hala dy stwff di, Huw?' medda Olwen.

'Pa stwff?' medda fynta'n hurt.

'Popeth 'sda ti'n y tŷ 'co ym Mhontcanna. Ble ti wedi bod yn byw celwydd ers ache. So ti'n meddwl cei di sefyll 'co? Ffona'n Swyddfa'i, bore fory, i weud beth yw dy *forwarding address* di. Neu ddympa' i'r cwbwl ar y stryd.'

'Gadewch inni iste i lawr a thrafod hyn yn gall, yn waraidd, fel oedolion,' medda Huw.

'Dim diolch, Huw,' medda Olwen. 'Ry'n ni ar hast. Fi i weud wrth 'yn rhieni bo' fi wedi torri'n dyweddïad ni. Bydd Dewi'n ffono Gwilym i weud fod 'i briodas e ar ben.'

Erbyn hyn roedd Huw wedi dechra gneud sens o be oedd yn digwydd. 'Dalest ti'r rhacsyn i 'nilyn i 'ma,' medda fo'n filan a'i fys yn pwyntio ata' i.

Atebis i'n gwrtais. 'Naddo, Huw. Gwilym dalodd fi, i gadw llygad ar Margiad 'cw. Roeddwn i drws nesa ichi nos Ferchar dwytha hefyd.'

Ymddangosodd gwynab Marged o'r *duvet*. Roedd hi'n debycach i wrach ar fin cael ffit na'r pishyn fydda'n cyflwyno *Dibyn a Dobyn*.

'Wedes i wrthot ti!' medda hi wrth Huw dan hisian fel neidar. 'Wedes i bod rhywun yn 'nilyn i amboiti'r lle! Ballest ti 'nghredu i! Wedest ti bo' fi'n *paranoid*!'

Synhwyris i fod petha'n mynd yn flêr. 'Chwaraea' i o, Olwen?' medda fi, gan roid y recordydd ar y bwr' yng nghanol y llawr ag un lygad ar y ddau arall, jest rhag ofn.

'Ie,' medda Olwen Angharad. 'Ma'n iawn bod yr Amddiffyniad yn gyfarwydd â'r dystiolaeth sydd ym meddiant yr Erlyniad ac yn gwybod beth yw'r cyhuddiade difrifol a ddygir yn eu herbyn.'

Wasgis i'r botwm a chael modd i fyw wrth wylio gwyneba'r cnafon pan glywon eu hunain yn cynllwynio:

Rwy' wedi meddwl o ddifri amboiti lladd 'y ngŵr, Huw.

Bydd ddim rhaid iti nawr. 'Mhen y mish gei di 'i wared e miwn ffordd hollol gyfreithiol. Poenus iawn iddo fe, serch hynny, yn ariannol ac yn emosiynol, os wharaewn ni'n cardie'n glefer.'

Nage ffantasi fel heiro gangster, Huw. Ffordd o achosi 'i farwolaeth e fydde'n ymddangos yn hollol naturiol.

Gad hi man'na, nawr, cariad.

Ma' Gwilym, fel gwedes i, yn dala i gymryd meddyginieth at y galon. Ond ma'r tabledi ma' fe arnon nhw nawr lot gwannach na'r rhai cynta gas e. Pan ddechreuodd e ar y rhai newydd, wedodd y doctor wrthon ni am dwlu'r hen rai bant. Gallen nhw'i ladd e, pe digwydde fe'u cymryd nhw ar ddamwain. Gadwes i nhw.

Gad hi nawr, Mags.

Fel gwraig briod, gydwybodol, rwy'n gofalu bod fy ngŵr yn llyncu'i wahanol dabledi, ffisig, 'ychwanegion fitaminyddol' ac yn y blaen, bob dydd. Y ddôs gywir, yr adeg iawn. Pan fydd e'n mynd bant, fi sy'n gneud yn siŵr bod e'n mynd â'r holl rwtsh 'da fe, ynghyd â siart i weud pryd i gymryd beth. A ma'n gneud 'ny. Allen i roi'r hen dabledi miwn yn lle'r rhai newydd. Bydd Gwilym ddim yn gwbod y gwahanieth'.

Tra oedd y tâp yn troi, gadwis fy nwy lygad ar Huw. Yn fy meddwl i, fo oedd y perycla o'r ddau. Dyna pam na welis i Marged yn hedfan o'r gwely fel Valkyrie fronnog, hirwallt, noethlymun, nes landiodd hi ar fy mhen i a'r recordydd. Ddalis i 'ngafal yn y peiriant nes cael slaes ar hyd fy moch gan un grafanc goch tra oedd y llall yn trio 'nallu i.

Dyna sut y llwyddodd Huw i gipio'r peiriant oddarna' i a'i godi o uwch ei ben gyda'r bwriad o'i luchio at y parad a'i falu o'n deilchion. Arbad fy ngolwg oedd 'mlaenoriaeth i ar y pryd, ac mi fydda Alford wedi llwyddo oni bai i Olwen benlinio tu ôl iddo fo, rhoid ei llaw dan *bathrobe* y cynsboner, cydio yn ei gwd o, a gwasgu, gwasgu, gwasgu'n ddidrugaradd.

Rhoddodd Huw sgrech hir, fain, annaearol a syrthio'n swp ar y carpad dan riddfan, a'r teclyn, fawr gwaeth, wrth ei ymyl o.

Pan welodd Marged gwymp ei harwr, mi drodd y tu min, yn llythrennol, at y ddynas loriodd hwnnw. Er bod Olwen yn hogan abal, fasa Marged wedi'i handwyo hi taswn i heb ymddwyn braidd yn anfoneddigaidd a rhoid cynnig ar sgalpio blew cedor Mrs Prydderch. Sgrechiodd honno a mynd am fy llgada i eto, nes cafodd hi gefn llaw giaidd ar draws ei gwynab a'i rhoddodd hi ar wastad ei chefn.

'Feddylies i erioed bydde shwt ddiweddglo hapus i'r stori, Dewi,' medda Olwen Angharad wrth sbio ar y ddau gariad yn gwingo a nadu ar lawr carpedog *room 305* . 'Dere. Ewn ni'n ôl i Gymru Fach a'u gadel nhw i gynllunio'u dyfodol.'

Rydw i wedi bod mewn sawl ffeit yn fy nydd ond 'run debyg i hon'na. Na 'run roddodd fwy o blesar imi o'i hennill.

Roedd 'mhartnar i ar ben ei digon hefyd. Wrth inni gerddad i lawr y coridor at y lifft mi roddodd ei braich drwy 'mraich i.

'Joies i 'na, Dewi,' medda Olwen Angharad.

Os mai tawedog fu 'nghydymaith ar y ffor' i Fryste, barablodd hi fel pwll y môr, chwadal yr Hwntws, wrth fynd adra; yn cynhyrfu wrth ail-fyw'r anturiaeth – yn enwedig yr uchafbwynt a ninna'n camu'n fuddugoliaethus o faes y gad dros gyrff y gorchfygedigion; yn chwerthin ei hochor hi wrth ailadrodd llinella mwya cofiadwy Huw a Marged.

'Alla' i fyth â diolch ddigon iti, Dewi,' medda hi. 'Rwyt ti wedi'n rhyddhau ni. Wedi dryllio cadwyne perthynas afiach.'

'Fydda hi wedi dŵad i ben beth bynnag, siawns, pan glywat ti amdano fo a Marged?'

'Sai'n gwbod, a bod yn berffeth onest. Rown i mor llwfwr. Roedd 'da Huw shwt afel ynddo' i. Mae e'n fachan carismatig, wedi hen arfer defnyddio hynny i gael beth mae e'n moyn. O'dd dim ots 'da fi, achos feddyles i taw fi oedd e'n moyn, am bod e'n fy ngharu i. Dwyllodd e fi ond sa' i'n becso. Rwy' mor falch o gael dihangfa o sefyllfa mor ddiraddiol. Y peth gore un oedd cael rhoi crasfa iddo fe a'i hwren. Gwasgu ceillie'r bastard nes oe'n nhw'n jeli. Allen i fod wedi sbaddu'r diawl!'

'Lwc na 'nest ti ddim. Fasan ni mewn trwbwl.'

'Pe bydden i heb roi loes corfforol i Huw, bydde'r siom, y casineb a'r sarhad wedi cronni ynddo' i a'm chwerwi i. Diolch i ti, rwy wedi cael gwared o'r gwenwyn 'na.'

'Ymchwilydd Annibynnol ydw i, Olwen. Nid *therapist.*'

'Therapiwtest ti fi, ta beth.'

'Biti na fedrwn i neud hynny i mi'n hun . . . ' medda fi, a dyfaru fel roeddwn i'n siarad.

'Beth wyt ti'n feddwl, Dewi?' holodd Olwen Angharad a chraffu ar 'ngwep i.

'Ryw hen gur pen fydda i'n ga'l weithia.'

'Odi e'n rhoi loes iti nawr?'

'Nacdi. Ddaw o ddim ar 'y nghyfyl pan fydda i'n

mwynhau'n hun. Fel gwnes i heno.'

'Ddechreuodd hi fel noson waetha mywyd a chwpla fel yr ore.'

Ddaeth 'na dinc bryderus i lais Olwen Angharad wrth iddi holi:

'*Migraine* yw'r pen tost fyddi di'n gael? Ynte un o ganlyniade d'yrfa filwrol di?'

'Wn i ddim 'sdi. Ond siawns ca'i lonydd am sbel ar ôl y fath hwyl.'

Tawelodd Olwen ar ôl inni groesi'r Bont wrth iddi ddechra meddwl 'Be nesa?'

Wrth inni fynd heibio Casnewydd holis i le'r oedd hi am imi fynd â hi – Cyncoed neu Bontcanna?

'Pontcanna. Allen i ddim wynebu'n rhieni heno, a gorffod trial egluro popeth. Adawa' i hynny tan yfory. Bydd yn rhaid ifi ffono rhywun i newid y cloeon, peth cynta'n y bore. A rhoi pethe Huw'n un pentwr, fel bod e'n gallu mynd â nhw bant yn glou. A ma' cyfri banc a chymdeithas adeiladu ar y cyd 'da ni . . . Pryd cysyllti di â Gwilym?'

'Ddim heno. Bydd yn rhaid imi eirio'n ofalus. Fydda'n siwtio Marged i'r dim tae Cwil yn cael hartan wrth glwad bod hi wedi cambihafio, ac efo pwy. Ddylwn i ddeud wrtho fo, dros y ffôn, mai Huw ydi'r boi?'

'Dylet. Er lles y cwmni, ma'n bwysig bod Gwilym yn diswyddo Huw ar unwaith.'

Siaradodd Olwen ddim am rai munuda wedyn. O'r ffor' roedd hi'n crychu ei thalcan mi welwn ei bod hi'n mynd i'r afa'l efo'r problema dyrys oedd yn ei gwynebu hi. Roedd yr M4 yn glir ac yn sych a'r lampa oren yn sbydu heibio. Gadwis i'n llgada ar y lôn a gadal i Olwen Angharad bendroni. O'r diwadd, dyma hi'n gofyn:

'Dewi . . . Allen i ofyn iti am un gymwynas arall?'

'Siŵr iawn.'

'Ma' perffeth hawl 'da ti i wrthod, os nagyw'n gyfleus.'

'Deud . . . '

'Rwy'n meddwl y galwith Huw'n y tŷ 'co bore fory. Yn 'itha cynnar.'

'Ia?'

''Sdim o'i ofan e arno' i!' medda hi dan chwerthin, 'Ar ôl beth wnes i iddo fe gynne! Ond so'i am fradu'n amser chwaith, y gwrando arno fe'n trial esgusodi a chyfiawnhau 'i hunan, ac yn dadle du'n wyn er mwyn cael y ddêl gore bosib gen i a Dadi. Fydd e ddim mor ewn, Dewi, os bydd rhywun arall 'na – yn enwedig ti.'

'Erbyn pryd leciat ti imi alw acw? Chwech? Saith? Dwi'n godwr cynnar.'

'Bydde'n llai o drafferth pe byddet ti'n sefyll 'co heno. Mae gwely cyfforddus yn y llofft sbâr.'

'Iawn, Olwen,' medda fi mor cŵl â phetai hi wedi 'ngwadd i am banad a sgonsan.

Fu raid imi atal 'nhroed dde rhag gwasgu'r petrol nes bod ni'n gneud cant. A hel haid o ffantasïa hurt o 'mhen.

Roedd y tŷ mewn *avenue* lydan, goediog efo lleinia glas i lawr y canol. Semi tri llawr o droad y ganrif, efo pwt o ardd o'i flaen o a chwaral o wydr-potal gwyrddlas yn hannar ucha'r drws ffrynt. Roedd teils, gwaith coed a phapur wal coch y lobi a'r ffotos *sepia* mewn fframia pren ar ei barwydydd yn cyd-fynd â chwaeth y cyfnod y codwyd y tŷ.

'Ewn ni drwodd i'r gegin,' medda Olwen Angharad wedi iddi gloi'r drws ac arwain y ffor'. 'Rwy' boiti starfo. Siwr bod tithe.'

Ac eithrio'r bwr' mawr, llydan o bren gola a'r cadeiria nobl o'i gwmpas – dodran fydda wedi cymryd eu lle mewn hen dŷ ffarm cyfforddus – roedd y gegin yn hollol fodern; *worktops* gola, teils brown a gwyn ar y llawr, llyfra coginio yn rhesi taclus ar silffoedd oedd hyd braich orwth y stof *stainless steel*.

Siaradodd Olwen Angharad bron yn ddi-baid wrth inni

gladdu'n *pizzas* a'n salad a hel y bwyd blasus i lawr y lôn goch efo potelad o Montepelucciano. Soniodd hi am ei theulu'n benna: gymaint o gesyn oedd ei thad, wedi i rywun ddŵad i'w 'nabod o; gwaith ei mam dros Plaid Cymru a thros yr 'Ia' yn y Refferendwm; ffilmia a rhaglenni teledu Trystan; yr holl wledydd bu Iwan ynddyn nhw; y gwylia bendigedig pan oeddan nhw'n blant a'r trafodaetha teuluol ynglŷn â moesoldeb bod yn berchen tŷ haf yn Llydaw os ydach chi'n eu herbyn nhw yng Nghymru. (Ma' hi'n ocê os ydach chi o blaid parhad yr iaith Lydaweg.)

'Rhaid imi fynd i glwydo nawr,' medda Olwen wrth roi'r llestri yn y golchwr llestri. 'Rwy'n *shattered*, a ma' diwrnod bishi arall o 'mlan i fory. Alli di fynd drwodd i'r lolfa i wylio'r teledu neu ddarllen papur os ti'n moyn. Der' lan staer 'da fi gynta. Ddangosa' i ble fyddi di'n cysgu.'

Bloda haul oedd thema papur wal, carpad a chyrtans y llofft a *duvet-cover* y gwely tri chwartar.

'Wyt ti'n meddwl y byddi di'n iawn?' medda Olwen wrth gau'r cyrtans.

'Bendigedig,' medda fi

'Gwd,' medda hi wrth gerddad yn ôl tuag ata' i dan wenu.

Mi sefodd ac edrach i fyny i 'ngwynab i.

'Diolch iti, Dewi,' medda Olwen Angharad a rhoi ei breichia am fy ngwddw i a 'nghusanu i'n lloerig fel gnath hi noson Guto Ffowc.

Ddisgwylis glywad clec arall neu rhywun yn rhuthro i mewn dan weiddi, i'n stopio ni. Pan sylweddolis i fod hyn yn digwydd go iawn, mi afaelis i am Olwen Angharad, ei gwasgu hi'n dynn, dynn a'i chusanu hi'n ôl. Mewn eiliad roeddan ni ar y gwely ac mewn eiliad arall, dan y dillad, yn noethlymun groen.

Toedd beth ddilynodd ddim yn llwyddiant mawr. A siarad yn gwrs, mewn terma bocsio – *points decision*. Os hynny.

111

Cododd Olwen Angharad, diffod y gola a dŵad yn ôl a swatio wrth f'ochor yn y gwely.

"Sdim ots, cariad. 'Sdim ots,' medda hi. 'Ry'n ni'n dou mas o bractis.'

Feddylis byddwn i'n gorfadd yn y tywyllwch am hir, yn cywilyddio ac yn difaru ond mi gysgis. Roedd hi'n dal fel y fagddu pan ddeffris i a synhwyro fod Olwen Angharad yn effro hefyd.

Roeson ni'n breichia am ein gilydd a chusanu. Roedd ein cyrff fel 'taen nhw'n nabod ei gilydd, ac yn lecio'i gilydd, ac wedi gwirioni. Lithrodd 'nghledwch i i leithdar, llithrig, cynnas Olwen Angharad yn hollol naturiol a didraffarth. Fel taen ni wedi bod yn disgwl am ein gilydd ers oesa'. Terfysg bendithiol. Storm o anwyldeb.

'O, Olwen, Olwen. Dwi wedi bod mor unig, ers oesoedd . . .'

'A fi, cariad. A fi . . .'

Wedyn, ill dau'n chwerthin ac yn crio'r un pryd.

Roeddwn i isio deud rwbath pwysig wrth Olwen Angharad ond wrth drio ffendio'r geiria iawn mi gysgis. Y noson honno oedd y gynta ers blynyddoedd i mi gysgu'n sownd heb dabledi.

Ddeffris chydig cyn chwech. Roedd Olwen yn dal i gysgu. Orweddis wrth ei hymyl hi mor llonydd ag y medrwn i, yn gwrando arni'n anadlu ac yn rhedag miri Bryste drwy fy meddwl fel ffilm fedrwn i fyth flino arni. Bob hyn a hyn mi fentrwn syllu ar dlysni diniwad Olwen Angharad a rhyfeddu.

Tua hannar awr wedi chwech lithris i o'r gwely heb ei deffro hi. Roeddwn i isio bod yn barod am Alford tae o'n mentro dangos ei wep. Wedi molchi a gwisgo amdana'n ddistaw bach es i lawr y grisia. Roedd y post a'r papura wedi cyrradd ac yn gorfadd ar *CROESO*'r mat wrth y drws ffrynt: pentwr o lythyra i Mr H.L.M. Alford a Ms Olwen

Angharad; *Western Mail, Guardian, Financial Times.* Es i'r gegin a gneud brecwast inni'll dau – te, *juice,* tost a marmalêd, a mynd â fo i fyny i'r llofft ar drê.

"Na neis,' medda Olwen Angharad ac ista'i fyny yn y gwely â'r *duvet* am ei bronna. 'Ofnes i bod ti wedi mynd a 'ngadel i 'rôl cael beth oe't ti'n moyn.'

'Ddylwn i fod wedi mynd neithiwr . . . '

Yn ysgafn deudis i hyn'na ond ma'n rhaid bod tinc yn fy llais i'n awgrymu mai dim ond hannar cellwair roeddwn i. Mwya sydyn, dyma Olwen Angharad yn rhoid ei dwylo dros ei gwynab.

'O, na!' medda hi fel tasa hi mewn poen.

'Be sy'?' medda finna'n syn.

'Ti'n mynd i weud wrtho' i bod rhywun arall 'da ti. Neu bod ti wedi penderfynu mynd nôl at dy wraig.

"Sgin i neb, Olwen,' medda fi ac ista ar draed y gwely. 'Dyna pam roedd neithiwr mor anhygoel. Mor annisgwl – mor fendigedig.'

Mi dynnodd ei dwylo oddar 'i gwynab. 'Beth yw e te? Pam wyt ti'n difaru?'

'Tydw i ddim.'

'Wyt. Rwy' am gael fy jilto'r eilwaith mewn pedair awr ar hugain.'

'Dwi wedi deud mymryn wrthat ti am sut ma' rhei profiada ges i'n Werddon wedi effeithio arna' i,' medda fi gan edrach i'w gwynab hi a rhythu ar y *duvet* melyn wedyn. 'Ddigwyddodd 'na betha eraill imi cha'i mo'u anghofio. Ma' hynny'n 'ngneud i'n ddyn anodd iawn byw efo fo, ar adega – yn flin ac yn gas efo pobol rydw i'n meddwl y byd ohonyn nhw.

Rhoddodd Olwen ei llaw dan fy ngên i a chodi 'mhen fel bod ni'n edrach i lygada'n gilydd.

'Ma' dy wyneb di'n whys stecs, Dewi,' medda hi. 'Paid gweud rhagor nawr, os yw e'n boendod i ti.'

Roedd hi'n demtasiwn i dderbyn y cynnig ond es i yn fy

mlaen:

'Dwn i ddim ai dechra yntai diwadd rwbath oedd be fu rhyngddan ni neithiwr, Olwen; ond mi ddigwyddodd. Fuon ni'n un cnawd, ac yn un ysbryd, hefyd, am wn i. Roedd gin i feddwl mawr ohonat ti, cynt, a mwy fyth rŵan. Ella bydd raid inni fodloni ar neithiwr – hynny fydda galla. Gytuni di ar ôl clwad be sy' gin i i ddeud.'

Sonis i wrth Olwen Angharad am y profiada rydw i'n dal i'w hail-fyw mewn hunllefa a *flash-backs*, a sut y chwalodd rheiny 'mhriodas i. Ddeudis i wrthi be ddigwyddodd i Brian Unsworth a fi yn Beeches Avenue, Londonderry. Hwnnw oedd y tro cynta i rywun oedd heb gysylltiad efo'r Armi glwad yr hanas:

'Pnawn cynnas, braf ym mis Mehefin a ninna'n dilyn dau rabsgaliwn, Johnny a Paddy drwy ardal babyddol. Wyddan ni fod rhein yn '*outriders*' i'r *INLA (Irish National Liberation Army)*; hynny ydi, yn trefnu *safe houses*, cuddiad gynna a sbeio drostyn nhw. Yn hwrjio drygia a rhannu'r elw efo'r *godfathers*.

'Sefydlwyd yr *INLA* gin aeloda o'r *Official IRA* pan benderfynodd y '*Stickies*' roi'r *Armelite* yn y to (neu'r das wair). Cyn bo hir, roeddan nhw wedi dirywio, os ma' dyna'r gair, i fod yn fwy o *gangsters* nag o derorists. Toeddan nhw ddim hyd yn oed yn *ODC's* – '*Ordinary Decent Criminals*'.

'Wyddan ni ddim, ar y pryd, fod y pen bandits, fel 'arwydd o'u gwerthfawrogiad', yn rhoid menthyg gynna i hogia fel Johnny a Paddy i neud mân jobsys ar eu liwt eu hunain. Ffurat bach o foi o'dd Johnny ac roedd Paddy'n weiran gaws.

'Disgwl, oeddan ni, i'w gweld nhw'n cael eu stopio-cogio, gin *Army Patrol* am *routine stop and search* a phres a drygia'n newid dwylo. Dyna pam roeddan ni ryw igian llath tu ôl iddyn nhw, efo blew tridia ar 'yn gwyneba, cania yn 'yn dwylo a'r *Sun* a'r *Mirror* ym mhocedi tin 'yn *jeans*.

'Stopiodd y ddau ar gornal Beeches Avenue a Beeches Crescent a chymryd arnyn gadw riat; Johnny'n dwyn *beany cap* Paddy; hwnnw'n rhedag ar ei ôl o. Lyncis i hannar peint o seidar cry ar 'y nhalcan, stwffio 'mysadd i lawr fy nghorn gwddw a phiwcio. Wedyn 'steddodd Brian a finna ar y palmant, imi ddŵad ata' fi'n hun, ac i aros i gwsmeriaid Johnny a Paddy gyrradd.

'Ddaeth 'na ddau dacsi du i lawr yr Avenue a transit las i fyny o gyfeiriad y dre efo slogan *Eat Kelly's Bread – It's the Best!* ar ei hochr. Stopiodd y fan chydig lathenni heibio Johnny a Paddy. Ddaeth y dreifar allan, agor y cefn a dechra llenwi'i fasgiad efo bara. Stopiodd y ddau hogyn bwnio'i gilydd a cherddad ato fo.

'Stopion ninna actio. Gyntad ag y gwelodd Unsworth a fi wn Johnny'n bygwth y dyn bara, a Paddy'n cymryd ei fag pres oddi arno fo, godon ni a cherddad atyn nhw. Roeddan ni o fewn decllath cyn i Paddy ein gweld ni a thynnu sylw'i bartnar.

"Drop the gun, Johnny!" medda Brian ac anelu'i wn o ato fo.

'Ollyngodd Paddy'r bag pres a rhedodd y ddau orwth y fan – Johnny'n syth yn ei flaen a Paddy i'r chwith, i mewn i Beeches Crescent.

'Johnny oedd yr un oeddan ni isio'i ddal. Roeddan ni ar ei wartha fo pan welodd o ddrws ffrynt un o'r tai ar agor led y pen. I mewn â fo a chau'r drws yn glep ar ei ôl. Safodd Brian yn gardio'r drws. Redis inna rownd at y drws cefn a thynnu'r gwn oedd yn swatio dan fy nghhesal chwith i.

'Yno bûm i am hydoedd ar biga dur, yn clustfeinio, prin yn anadlu. Nes clywis i'r drws ffrynt yn chwalu dan bwysa ysgwydd neu Doc Martens Brian Unsworth.

'Agoris i'r drws cefn a chamu i mewn i'r gegin fel daeth Johnny o'r cyfeiriad arall yn gwthio hogan ifanc o'i flaen. Roedd gynni hi wallt coch, cyrliog.

"Outta my fuckin way or you both get it!" medda Johnny.

"Drop the gun, Johnny," medda fi a chamu ato fo.

'Driodd yr hogan ddengid ac yn y sgarmas gafodd hi dri bwlat yn 'i chefn gin Johnny ac un drwy'i chalon gin i.

'Gyrhaeddodd Brian, gweld be oedd wedi digwydd a rhoid bwlat ym mhen Johnny nes bod brêns hwnnw fel chwd gwaedlyd hyd barwydydd y gegin.

'Dyna'r hunlla fydd yn 'y neffro i ddwywaith dair bob wsnos. Nid fel deudis i fydd hi'n darfod. Fel arfar, ma'r hogan gwallt coch, hogan fach bymthag oed, yn 'y mreichia i, yn waed drosti, ac yn troi ata' i ac yn deud, yn Gymraeg: "Eith 'run ddynas arall efo chdi eto, byth, am be 'nest ti i mi."

Ddaeth 'na flinder mawr drosta' i ond stryffaglis i 'mlaen:

'Ddylsa fod gin i fwy o asgwrn cefn, neithiwr, a mynd adra. Thâl hi ddim i neb, yn enwedig dynas, ddŵad yn rhy agos ata' i, Olwen – cael eu brifo ma' nhw yn hwyr neu'n hwyrach.'

Aeth bob dim yn ddu. Deimlis i 'mod i'n cael gwasgfa. Gydiodd Angharad yn fy llaw a mi glywn ei llais drwy'r niwl:

'Helpa' i ti, Dewi. Fel helpest ti fi i ryddhau a iacháu'n hunan. Naf i bopeth alla' i i dalu'r gymwynas 'na'n ôl, 'nghariad i.'

Gliriodd y niwl a mi welwn Olwen Angharad yn symud y llestri oddi ar y gwely i wneud lle imi orwadd wrth ei hymyl hi. Roedd ei gwên hi'n falm ar enaid.

* * *

Cythral o ddynas ydi Marged Prydderch. Ffoniodd hi Gwilym y non honno i ddeud ei bod hi wedi penderfynu ei adal o i fynd i fyw efo Huw Alford. *Get your retaliation in first*! Dwi'n siŵr ei bod hi'n gobeithio bydda Gwil yn cael trawiad. Lwyddodd hi ddim, drwy lwc.

Hollol wahanol oedd tactega Huw Alford. Ffoniodd o Olwen tua unorddeg, drannoeth y drin, yn sachliain a lludw a mêl i gyd; yn erfyn am i "ti a fi gwrdd, er mwyn inni drial rto mas y *mess* ofnadw' rwy' wedi cael ni iddo fe . . . Rwy'n derbyn taw fi sydd ar fai a bod beth 'nes i'n anfaddeuol . . . "

Rhoddodd Olwen awr iddo fo ymddiswyddo o *Goldberg & Humphreys*, cyn y bydda hi'n cysylltu â'i thad.

Landiodd y godinebwyr ar eu traed. Ddefnyddiodd Marged y plant i flacmelio taliad hael o groen Gwilym, a chafodd Huw job oedd yn talu gystal â'i hen un efo ffyrm o dwrneiod yn Abertawe. Maen nhw wedi priodi erbyn hyn, yn berchan tŷ mawr, crand mewn ardal braf, ac yn mynd i'r capal bob dydd Sul.

Ddisgwylis i Gwilym Prydderch dorri ei galon. Dim byd o'r fath – un gwydn ydi'r hen Cwil, dan yr wynab. Newydd ddyweddïo efo'i gynorthwy-ydd pernol, hogan o Lanelli, hannar ei oedran.

Ma' Olwen wedi gwerthu ei thŷ ym Mhontcanna a phrynu un ar ymyl Comin Ponty – tŷ trigain oed wedi ei foderneiddio'n wych iawn, rhwng y wlad a'r dre. Dyma be ddeudodd hi'r diwrnod benderfynodd hi: 'Bydda' i'n nes at y gwaith, at y gymdeithas rwy'n wasanaethu – ac atot ti, Dewi.'

Fûm i ddim mor hapus er pan ddechreuis i gynta'n y Fyddin. Mae Olwen Angharad yn fy iacháu i ac yn fy rhyddhau inna o afael yr atgofion a'r dychrynfeydd sydd wedi f'andwyo i. Bendigedig.

Tydi llawenydd fel hyn ddim yn 'normal' a mi fydda bywyd 'normal' yn fanna o'r Nef i ddyn fu hebddo fo am flynyddoedd. Annisgwyl. Anhaeddiannol. Perthynas gariadus efo dynas sy' mor dlws ag y mae hi'n annwyl. Ar ben hynny, trwy Olwen Angharad, rydw i wedi dechra cymdeithasu efo pobol y tu allan i'r cylchoedd cyfyng y bûm yn troi ynddyn nhw ers blynyddoedd.

Mae Olwen wedi 'nghyflwyno i i'w ffrindia yng Nghaerdydd. Cymry Cymraeg, gan fwya, o bob rhan o Gymru – pobol ifanc yn gneud pob math o swyddi diddorol ac yn mwynhau bywyd dinas fodern heb *hang-ups* eu rhieni. Trwydda fi, mae Olwen wedi dŵad i nabod rhai o bobol Trefabon.

Dim ond yn ddiweddar ma'r *Non-Pol* wedi caniatáu hawlia cyfartal i ferched, a hynny wedi i Dei a dau aelod arall mwy goleuedig na'r trwch gwyno a dadla am flynyddoedd. Tydi'r gwragadd lleol ddim yn heidio i fanteisio ar y fraint o slotian efo'u gwŷr a'u mêts. Chydig iawn o groe sy'no i ddynas, heblaw bod hi'n *Ladies Night*, neu mai Olwen Angharad ydi ei henw hi. Fydda tlysni Olwen, ei phernoliaeth, a'r ffaith ei bod hi'n giamstar ar chwara pŵl yn ddigon i'w gwneud yn boblogaidd yn y ffau wrywaidd honno – ac ma' hi'n dwrna hefyd. Fydd *the usual suspects* yn ciwio am gyngor cyfreithiol yn rhad ac am ddim bob tro y galwith hi.

Er bod Eunydd a Nesta, rhieni Olwen yn werthfawrogol o'r modd gnes i 'achub' eu merch o afael Huw Alford, toeddan nhw ddim yn rhy hapus pan glywon nhw'n bod ni'n 'eitem'. Ofn naturiol 'mod i'n manteisio arni, neu ei bod hi wedi mopio efo fi *on the rebound*, neu gyfuniad o'r ddau. Heb sôn am y ffaith 'mod i ddeng mlynadd yn hŷn nag Olwen ac yn *divorcée* efo dau o blant. Ond wrth iddyn nhw sylweddoli bod sylfaen fwy lat i'n perthynas ni, gnedd nghroe i'n *Afallon*.

Dwi'n ffrindia hefo'r ddau frawd hefyd, Iwan y twrna a Trystan y cyfryngi. O dipyn i beth ges warad o'n rhagfarna'n erbyn 'crachach Cymraeg Caerdydd'.

Arhosis i efo Olwen ar ei non gynta hi'n y tŷ newydd. Bora wedyn, a hitha ar gychwyn am y Swyddfa, gynigis i glirio a golchi'r llestri brecwast, twtio dipyn, a thynnu hen bapur oddar barwydydd un o'r llofftydd.

'Diolch iti,' medda hi a dro sws wenfflam ar fy ngwefusa i.

Roedd gwynab Olwen Angharad yn gariad i gyd wrth iddi 'ngwasgu i'n dynn a sibrwd yn fy nghlust i: 'Bydde'n fendigedig pe byddet ti'n byw 'ma 'da fi, Dewi.'

'Bydda,' atebis i.

Rydw i wedi meddwl hynny'n hun, wrth gwrs, sawl gwaith. Nefoedd ar y ddaear. Ond fedra' i gyd-fyw efo dynas eto? Yn enwedig un gymaint iau na fi, â'i bywyd o'i blaen hi? Un fydd isio'i theulu ei hun. Fedra' i fynd drwy hynny eto? 'Nes i ddim job dda iawn o fod yn ŵr i Heulwen ac yn dad i Geraint a Delyth. 'Un peth ydi canlyn, peth arall ydi byw'.

nis am 'yn ofna a'n amheuon wrth Olwen.

'Rwy'n deall shwt ti'n teimlo, Dewi,' medda hi, ''rôl popeth rwyt ti wedi bod drwyddo. Diolch iti am fod mor onest. Bod yn onest oe'n i – gweud beth sydd ar fy nghalon i. Mae dyhead dwfwn iawn ynddo' i inni fyw 'da'n gilydd fel gŵr a gwraig. 'Sdim ots 'da fi bod ni'n briod ai peidio, am bod ni'n cyd-fyw. Yn creu cartre 'da'n gilydd. i am roi pwyse arnot ti. Rwy'n folon aros a gobeithio gwedi di rhyw ddiwrnod taw 'na beth wyt ti'n moyn hefyd.'

'Faswn i'n lecio hynny'n fwy na dim byd,' medda fi. 'Dwi'n teimlo'n hun yn gwella ac yn callio bob dydd, diolch i chdi. Ond gin i ormod o feddwl ohonat ti, Olwen, i ddŵad yma atat ti nes bydda' i'n berffaith siŵr 'nei di ddim dyfaru.'

Cysylltair

Roeddwn i yn y tŷ bach pan ddigwyddodd y fracas. *Cefais argoel fod rhywbeth o'i le pan glywais leisiau benywaidd yn sgrechian, rhai gwrywaidd yn bytheirio, a dwndwr dodrefn yn dymchwel. Dychwelais ar frys i'r bar cefn. Roedd y stafell fel padell oedd newydd ferwi drosodd a hylif dynol, lliwgar yn llifo'n ôl a blaen yn llafar ac yn ddilywodraeth.*

'Be ddigwyddodd?' gwaeddais wrth aelod o Bwyllgor y Clwb, gŵr ifanc spectlog, tal a'i wallt yn britho, a weinyddai y tu ôl i'r bar.

'Ymosododd rhyw fachan ar y Canwr,' meddai'r Pwyllgorddyn yn flin, gan amneidio i gyfeiriad y llwyfan lle y saif y perfformwyr. Amgylchynid honno gan giwed wallgo' a fu gynnau'n gynulleidfa hwyliog. 'Bwrodd bachan arall yr idiot *ar ei ben 'da chadair . . . '*

Nesais at 'lygad y storm' gan oedi pan adwaenais Tom James a'r Groegwr, Paul Belotis, ill dau, fel y rhelyw, wedi eu cynhyrfu gan y sgarmes.

'What happened?' *holais.*

Anwybyddasant fi a dal ati i daeru:

'There's no excuse for what you did, comrade,' *ebe'r Groegwr yn ei lais dwfn a chras.* 'Totally indisciplined, innit?'

'I just saw red when he grabbed Dave,' *ebe Tom James yn ymddiheurol.*

'You should 've stood between them, to separate them, and got some of the other comrades to help you.'

'I know. But something snapped in me and I picked up the chair and let him have it. I love Ireland, Paul. I'd be in the IRA myself if I was Irish.'

'An' what happen now? He bring charges against you. An' what the judge and jury goin' to think about a Communist assaultin' a brave former member of Her Majesty's Forces? You goin' to go down for a long time, Tom. You lucky you didn't go down last time.'

Cyfeiriai'r Groegwr at barti gwisg ffansi, mewn tafarn neu glwb ym Merthyr Tudful, ychydig flynyddoedd yn ôl, pryd darn-laddodd Tom James gystadleuydd a ddynwaredai Adolf Hitler. Yn Llys y Goron, honnai'r dioddefydd mai efelychu Freddie Starr yn gwatwar Hitler yr ydoedd. Bu tystiolaeth dau o arweinwyr amlycaf Mudiad Gwrth-Apartheid Cymru ynglŷn â sêl wrth-Natsïaidd Tom James yn fodd i'w ryddhau heb gosb drymach na dirwy o ganpunt, a dalwyd gan ei gyfeillion a'i edmygwyr.

Munud neu ddau'n ddiweddarach, gwelais Dai North ac Olwen Angharad yn hebrwng Dewi Jones sigledig iawn o'r Clwb i anghymeradwyaeth swnllyd y rhai a gythruddwyd gan ei ymddygiad.

Rhoddais ganiad i Olwen Angharad y bore Llun canlynol i holi am Dewi. Gofynnodd y gyfreithwraig a allwn ddod draw am sgwrs. Awgrymais ein bod yn cyfarfod yn y Prince's ond gwell ganddi inni siarad dros baned ym mhreifatrwydd ei swyddfa: 'Wyddoch chi fyth pwy sy'n deall Cymraeg yn Ponty y dyddie hyn.'

Dywedodd Olwen wrthyf fod Dewi'n dal yn Ysbyty Dwyrain Morgannwg ac yn debyg o aros yno am ddiwrnod arall. Yn ôl pob arwydd, ni fyddai effeithiau corfforol yr ergyd yn rhai parhaol ond roedd angen rhagor o amser ar y meddygon i gwblhau'r profion angenrheidiol gan fod olion cynifer o wahanol gyffuriau eisoes yng nghorff Dewi.

Mater arall oedd cyflwr meddyliol y claf. Perai hynny bryder enfawr i'w gariad ac i'w ewythr. Ychydig a ddywedodd wrthynt pan ymwelasant ag ef y dydd Sadwrn wedi'r drin, heblaw am ymddiheuro'n gwta am godi cywilydd arnynt yng ngŵydd eu cyfeillion. Cafodd bardwn gan Olwen a Dai a ymddiheurodd iddo ef am fethu â chofio mewn pryd pa effaith a gâi Gwyddeligrwydd gweriniaethol arno, a'i dywys o'r Clwb cyn gynted ag y tarodd y Canwr y tant hwnnw.

Ni fu Dewi'n fwy siaradus y tro nesaf y galwodd Olwen a Dai i'w weld, bnawn Sul. Gwnaeth ddatganiad moel a gwrthod ei drafod ymhellach. Dywedodd fod yr helynt nos Wener wedi ategu argyhoeddiad y bu'n ei goleddu ers amser, sef, na allai ef fyw mewn 'cymdeithas normal', ac nad oedd ond dau ddewis ganddo – un ai ailymuno â'r Fyddin neu ladd ei hun. Roedd wedi penderfynu listio gan mai dyna fyddai'r dewis a barai leiaf o loes i Olwen a Dai ac i'w blant.

Mentrais awgrymu wrth Olwen Angharad fod gan Dewi drydydd dewis. Soniais wrthi am glinig Dr Alwyn Davies ym Mae Colwyn, lle y cynigir triniaeth i rai a niweidwyd yn seicolegol gan ddamweiniau a thrychinebau. Clywsai Olwen Angharad, fel finnau, Dr Davies yn siarad am PTSD (Post-traumatic stress disorder) ar y cyfryngau, a chyn-filwyr yn tystiolaethu sut y diddymwyd neu y lliniarwyd anhwylderau meddyliol a fu'n eu poenydio am gyfnodau maith.

Ymhen ychydig ddyddiau, ffoniodd Olwen i ddiolch am yr awgrym ac i roi gwybod fod Dewi wedi cytuno i fynd i Fae Colwyn. Byddai hi a'i ewythr yn ei hebrwng yno yn ei char, drannoeth. Dymunais yn dda iddynt ac addawodd hithau y cawn glywed ganddi sut y deuai Dewi yn ei flaen.

Ni swniai'r gyfreithwraig yn rhy galonnog pan drewais arni ar y stryd rhyw fis yn ddiweddarach, er iddi fynnu bod 'Dewi'n falch bod e 'na. Ma'n teimlo bod e'n gneud byd o les iddo fe'.

Aethai tri mis heibio er i Dewi gofrestru yn y Clinig pan dderbyniais y llith a geir yn yr adran nesaf drwy'r post. Am ddau reswm, dewisodd gofnodi'r profiadau a ddisgrifir ar y tudalennau hyn gyda beiro a phapur, yn hytrach na thrwy eu recordio; yn gyntaf, am fod adfer ei sgiliau darllen ac ysgrifennu Cymraeg yn un o sgil effeithiau bendithiol ei berthynas ag Olwen Angharad; yn ail, yn ei eiriau ef ei hun: 'Am 'mod i'n debycach o ddeud y gwir wrth sgwennu nag wrth siarad'.

Y Gyffes

Ma' dechra'r Stori'n rhoi'r argraff bod Mam a fi wedi bod yn agos iawn er erioed. Tydi hynny ddim yn wir. Dim ond er imi fynd yn sâl rydan ni'n ffrindia. Dim ond er hynny ma'n perthynas ni rwbath tebyg i be ddyla un mam a'i mab fod. Gwell hwyr na hwyrach. Oni bai am ei gofal hi er pan adewis i'r Armi dwn i ddim be fydda wedi dŵad ohona' i, 'nheulu, ac, o bosib, pobol ddiniwad erill. Rydw i'n wironeddol ddiolchgar i Mam am hynny ond biti na fydda hi wedi medru bod mor annwyl ac amyneddgar o'r cychwyn cynta. Tydw i ddim yn meddwl byddwn i'n y stad rydw i, tasa hi.

Sbel yn ôl, alwis yn Ysgol Llwyn Du i siarad efo athrawes Geraint, y mab, am ei waith o. Yn Stafall yr Athrawon y buon ni'n sgwrsio. Wrth i'r ddynas neud coffi inni, sylwis ar bostar â chartwns arno fo, yn dangos y gwahanol ffyrdd bydd plant yn cael eu cam-drin. Fuo' 'na ddim 'ymyrraeth rywiol' o unrhyw fath, ond 'nes i a 'mrawd, Clive a'n chwaer, Jean, ddiodda 'curo', 'bychanu' a 'difrïo' gydol ein plentyndod. Roedd 'hunanhyder a hunan-barch' y tri ohonan ni'n cael ei 'danseilio' bob dydd gin Mam, a hynny'n fwriadol.

Pam? Dwi wedi dyfalu a dyfalu dros y blynyddoedd pam roedd hi'n gymaint o deyrn arnan ni a 'Nhad. Pan oeddwn i'n hogyn ac yn f'arddega, fyddwn i'n meddwl mai dynas felly oedd hi – tincar yn tŷ, angylas bobman arall. Ddeudodd ryw athro Ysgol Sul wrthan ni unwaith: 'Cofiwch ma'ch mam ydi'r ffrind gora gewch chi, hogia.'

'Druan ohona' i,' medda fi wrtha fi'n hun.

Cofio gweld plât ar barad yn nhŷ ffrind â llun bwthyn to gwellt a mwg yn codi o'r simndda arno fo, a'r geiria *Home Sweet Home – where we grumble most and feel happiest.*

Y lle roeddwn i fwya anhapus oedd 'nghartra i a fiw imi gwyno ar boen cweir.

Ond ma' perthynas Mam efo Medwyn, y cyw melyn ola, ac efo fi er pan dwi 'di bod yn sâl, yn profi nad dynas ddrwg ydi hi, bod hi'n medru caru ei phlant, a'i bod hi'n fy ngharu i mewn ffor' wyrdroëdig, hyd yn oed pan oedd hi gasa.

Be oedd? Fydda i'n meddwl weithia ma' rwbath Cymraeg ydi o. Cledwch piwritanaidd. Mygu teimlada. Cydymffurfio. Rheoli chdi dy hun a dy deulu fel bod neb yn medru gweld bai arnach chi. Nid felly fydd y Saeson yn magu eu plant. Ma' rheiny'n cael eu bridio i fod yn geffyla blaen.

Roedd aelwyd Yncl Dei ac Anti Gwyneth yn un hapus. Am bod nhw'n byw'n Sowth? Ac yn siarad Seusnag efo'i gilydd ac Emrys a Dolores? (Ond Cymraeg efo'n teulu ni.) A nid yn unig byth yn mynd i'r Capal, yn ei erbyn o. Dim ond Seuson a snobs fydda'n gwrthod siarad Cymraeg yn Llwyn Du, a dim ond giaridyms fydda byth yn mynd i Capal.

Craidd y mater, allwn i feddwl, oedd bod fy rhieni'n bobol ofnus. Er bod 'Nhad yn ddyn ffeind iawn, rydw i'n meddwl bod ar Mam ei ofn o'n gorfforol ac ofn dynion yn gyffredinol, a'i ffor' hi o ddelio efo hynny oedd cadw 'Nhad, Clive a fi'n ein lle efo'i thafod a gwên deg i'r lleill. Roedd ar 'Nhad a ni ofn ei thafod hi. Ofn ffrae.

Fedra' i ddim cofio ffrae o bwys rhwng 'Nhad a fi. Roeddan ni'n dipyn o ffrindia, fel rydw i rŵan efo Dei. Roddodd o mo'i law arna' i na Clive erioed. Serch hynny, fedra' i ddim madda iddo fo am fod mor wan, a gadal i Mam gael ei ffor' ei hun efo bob un dim, a'n cadw ni'r plant mewn ofn a dychryn. Tasa fo wedi deud wrthi un waith:

'Dyna hen ddigon o arthio a blagardio, Mary. Ma' hi'n bryd ichi 'nhrin i a'r plant 'ma efo mymryn o barch, fel tasan ni'n foda cyfrifol a chitha'n ddynas resymol a chall.'

Ofynnis i iddo fo unwaith pam na fasa fo wedi cadw'n part ni. Ei esgus o oedd 'dy fam yn mynnu bod rhaid inni fod yn unedig ac y bydda imi ochri efo chi'n ei bradychu hi ac yn 'ych troi chi'n ei herbyn hi.'

Dwi 'di meddwl llawar am berthynas 'Nhad a Mam. Roedd hi'n hollol ddibynnol arno fo ac eto'n ei drin o fel gwas bach. 'Wn i ddim be ddaw ohonan ni os digwyddith rwbath i'ch tad,' fel tôn gron. Wel, mi fu farw'n 54 o gansar y sgyfaint – fel bydda i os dalia' i i smocio fel rydw i – ond aeth y Ffyrm, *Edward Jones & Sons, Builders* o nerth i nerth. Mam a Medwyn redodd y sioe i ddechra ond y brawd bach, ar ei ben ei hun, sydd wrth lyw *Edward Jones a'i Feibion, Adeiladwyr*, ers blynyddoedd.

Y *plan* oedd i'r tri ohonan ni weithio i'r Ffyrm. Gollodd Clive, Jean a fi oria o chwara efo'r plant erill, ar ôl rysgol ac ar fora Sadwrn, am bod raid inni 'helpu'ch tad' yn yr Iard neu ar ryw seit ddinadman yn y gwynt a'r glaw, neu ei helpu hi yn yr Offis. Fasa well gin 'Nhad a'r dynion tasan ni ddim dan draed ond fiw iddyn nhw anghytuno efo'r Bos.

Chwalodd y plan yn rhacs. Gyrrwyd Clive i Lerpwl, yn brentis, at gwmni mawr – Costains, dwi'n meddwl – a gwrthododd ddŵad adra. Yno mae o, efo'i fusnas ei hun ac yn gneud yn reit dda. Gafodd Jean glec yn ddwy ar bymthag gin lob diog sy'n feddwyn ac yn gambliwr ac wedi byw ar deulu ei wraig byth er hynny. Es inna i'r Armi.

Ddysgodd Mam ei gwers erbyn i Medwyn gyrradd, chwe mlynadd ar ôl Jean. Damwain, ma'n debyg ond mi gafodd 'Y Bychan' groeso tywysogaidd a phlentyndod brenhinol. Cydymffurfiodd Medwyn efo'r *plan* am mai hynny oedd o isio.

Oherwydd fy magwraeth, hogyn digon llywaeth oeddwn

i nes imi fynd i Ysgol Dre. Yn fan'no, welodd Derrick Davies, yr athro PT, bod deunydd sbortsman yna 'i. Wrth imi ddisgleirio fel athletwr a chwaraewr ffwtbol a chricet, ges i fwy a mwy o hyder a threulio llai a llai o'n amsar sbâr fel caethwas i Edward Jôs Bildars, am bod Mam ofn pechu'r *Head* trwy wrthod gadal imi drenio ar ôl rysgol a chwara efo'r gwahanol dima ar ddydd Sadwrn.

Roedd hi'n dal yn rhyfal cartra rhwng Mam a fi ond yn fwy cyfartal rŵan. Un ar bymthag oeddwn i'r tro dwytha rhoddodd hi gweir imi. Roedd rhieni Emyr, un o'n ffrindia i, wedi mynd i Fanceinion i aros efo perthnasa, a'i adal o ar ei ben ei hun am y *week-end*. Y nos Wenar honno, es ato fo'n gwmpeini, ac mi fuon yn sbïo ar teli, chwara recordia a malu awyr am genod a ffwtbol tan berfeddion. Nes glywon ni guro mawr ar drws ffrynt.

'Nhad. O'i go'. Yn holi be gythral o'n i'n feddwl o'n i'n neud yn hel tai tan ddau o'r gloch y bora, nes bod Mam yn poeni'i henaid amdana' i? Ddeudodd o 'run gair ar y ffor' adra – ges i weld pam cyn gyntad ag y cyrhaeddom ni. Mam yn ei choban â golwg hollol loerig er ei gwynab, yn fy ngalw i'n bob dim gwaetha ac yn 'mheltio i'n ddidrugaradd. Wthis i heibio hi ac i fyny'r grisia, cau'r drws yn ei gwynab hi a phwyso'n ei erbyn o nes lwyddodd 'Nhad i'w pherswadio i fynd i'w gwely.

Y drefn arferol ar ôl storm o'r fath fydda cael f'anwybyddu am wsnos neu ddwy, yn dibynnu pa mor ddifrifol oedd y 'drosedd'. Bwdodd hi am dair wsnos gron unwaith. Y bora Sadwrn hwnnw, rhosis i 'Nhad adal y tŷ cyn codi, molchi, gwisgo amdana a mynd i lawr i'r gegin. Chymrodd Mam ddim sylw ohona' i.

'Mam,' medda fi.

Fasa waeth imi fod wedi deud bora da wrth y ffrij.

'Dwi wedi penderfynu mynd i fyw at Yncl Dei ac Anti Gwyneth. Ma'n amlwg na fedrwn ni'n dau ddŵad ymlaen efo'n gilydd. Dwi'n siŵr ca' i aros efo nhw nes bydda' i wedi gneud 'yn *O Levels*. Adawa' i rysgol wedyn a ffendio gwaith. Ma' 'na ddigon o waith yn Sowth, meddan nhw . . . '

Roeddwn i wedi disgwl stid arall. Yn lle hynny, steddodd Mam ar ei chadar a dechra beichio crio.

'O, Dewi,' medda hi. 'Sut fedri di ddeud fath beth? Sut fedri di 'mrifo i mor ofnadwy?'

'Sut medroch chi 'mrifo i neithiwr? A bob tro arall. Am ddim byd, reit amal.'

'Sori, sori, 'ngwas i,' medda Mam a'r dagra'n llifo fel gwelis i nhw 'rioed o'r blaen. 'Wn i 'mod i ar fai. Ofn bod rwbath wedi digwydd i ti oedd dy dad a fi.'

Tynnodd hynny'r gwynt o'n hwylia i. Steddon ni felly am ddeng munud go dda – Mam yn crio a finna'n methu gwbod be i neud nesa. Ella na fasa Yncl Dei ac Anti Gwyneth yn barod i 'nghymryd i, er mor glên oeddan nhw. Roedd gynnyn nhw Emrys a Dolores i feddwl amdanyn nhw. A sut le fydda'r ysgol yn Sowth? Sut baswn i'n gneud efo'r Hwntws?

Roedd gin i gêm dwrnod hwnnw ac un o'r hogia'n galw toc i fy nôl i yng nghar ei dad.

Godis a gwthio 'nghadar yn ôl i'w lle.

'Dim ond sgwrsio oedd Emyr a fi,' medda fi. 'Os twtsiwch chi yna' i eto, mi a' i. I'r Sowth ne' i rwla arall.'

Wellodd petha wedyn. Fu ddim raid imi ddiodda rhagor o fwlio nag o sterics. Ond *armed neutrality* oedd y berthynas rhwng Mam a fi, a defnyddio ymadrodd sy' wedi codi i fy meddwl i o rwbath ddarllenis i'n y dyddia hynny.

Gafodd hi ei dial wrth i'r *A Levels* agosáu. Roeddwn i isio mynd i goleg i neud gradd mewn Ymarfer Corff a dilyn ôl traed f'arwr mawr, Derrick Davies. Roeddan nhw'n ded yn erbyn y peth. Edliw mor anniolchgar oeddwn i. Nhwtha wedi bod yn rhy ffeind o lawar yn gadal imi neud Cymraeg, Seusnag a PT yn lle *Design and Technology* a *Maths*. A'n atgoffa' i bod hynny ar ôl imi addo baswn i'n mynd i Tec Bangor ar ôl gadal rysgol i neud *Business Studies*, imi fedru helpu 'Nhad i ecspandio'r Ffyrm, a dangos 'mod i'n ddiolchgar iddo fo am roid bwyd yn fy mol i a dillad amdana' i am ddeunaw mlynadd.

Finna'r un mor benstiff. Roeddwn i'n benderfynol o fod yn annibynnol. Drois am gyngor at D.D., oedd yn *Careers Adviser* hefyd. Berswadiodd Derrick fy rhieni y basa job mewn Banc yn well paratoad ar gyfar rhedag y Ffyrm na chwrs yn y Tec. Y fantais i mi oedd cyfla i gael 'ngwynt ata' a meddwl ynglŷn â 'nyfodol. Weithiodd Mam mewn banc cyn priodi a mi gytunon.

Y ddynas arall chwaraeodd ran bwysig yn fy mywyd i'n f'arddega, a 'natblygiad i wedyn oedd Eirlys. Pishyn y pentra. Y ddynas fwya *sexy* gwarfis i rioed. Nid y ddela, na'r fwya *randy* a digywilydd. Dynas â phersonoliaeth serchus yn mwynhau rhyw.

Roedd Eirlys yn byw hefo'i gŵr Meurig yn Nhan-y-Foel – rhes o fythynnod ychydig uwchlaw'r pentra, ar gyrion y mynydd. Dyn tawal, digon agos i'w le oedd Meurig, yn gweithio fel ffitar yn Karkraft, yn Dre. Toedd gynnyn nhw ddim plant.

Fydda Eirlys yn *home-help* i hen bobol a rhei anabal ac yn llnau tai a golchi dillad gwragadd oedd yn gweithio, fel Mam, neu'n medru fforddio i dalu i ddynas arall neud y gwaith drostyn nhw. Roedd 'na sôn bod hi'n cynnig gwasanaetha gwahanol i'r gwŷr, ac i gwsmeriaid y *Tryfan Arms*, lle bydda hi tu ôl i'r bar o nos Lun tan nos Wenar. Fydda Eirlys yn diflannu am ddyddia weithia, a straeon yn dŵad yn ôl i'r Pentra ei bod hi wedi'i gweld yn grand gynddeiriog mewn rasys ceffyla neu hotel bump seran, rwla'n Lloegar.

Tra oeddwn i'n y *First Year Sixth* drois i'n ffêr yn hegar iawn wrth chwara rygbi – gêm nad oedd gin i ddim diléit ynddi hi – a hambygio'r *ligament*. Yr unig feddyginiaeth oedd osgoi rhoi pwysa o unrhyw fath ar y droed am bythefnos. Roedd hynny'n golygu treulio'r cyfnod yn fy ngwely, ar y soffa, neu'n sboncio ar un goes rhwng y ddau le ac yn ôl a blaen i'r lle chwech.

Roedd 'nychymyg i wedi creu dega o *scenarios* chwilboeth erbyn i Eirlys gyrradd tŷ ni am tro cynta tra oeddwn i adra. Pan 'nath hi, hitha'n ddynas nobl, ddel ofnadwy, bymthag mlynadd yn hŷn na fi, finna'n hogyn di-brofiad, di-glem a diymadfarth, drois yn dalp o rew ac yn fwchaidd o swil. 'Niniweidrwydd i wireddodd y ffantasia. Fedra Eirlys ddim madda imi. Ddechreuodd hi 'mhryfocio i. Holi os oedd gin i gariad. Gofyn be fyddan ni'n neud efo'n gilydd. Mynnu gweld fy ffêr i a chynnig rhoi masaj iddi. Ac yn y blaen . . .

Rhosis adra am dair wsnos ac yn ystod y cyfnod hwnnw fydda Eirlys yn picio i mewn 'am sgwrs a chditha ar dy ben dy hun bach drw'r dydd' pan nad oedd hi'n cael ei thalu i llnau acw.

'Pryd welwn ni'n gilydd eto?' medda fi wrthi'r bora Gwenar ola.

'Fydd hi ddim mor hawdd rŵan, Dewi,' medda Eirlys a gwasgu 'mhen ar ei bronna. 'Feddylia i am rwbath.'

'Gad negas dan 'ngobennydd i, i ddeud pryd bydd hi'n saff imi alw acw.'

'Ocê, boi.'

'Nath hi ddim, a phan basion ni'n gilydd wrth y Post – hitha efo dynas arall, a finna ar fy magla, efo dau o'n ffrindia, y cwbwl ges i oedd winc gynnil a gwên.

Ffonis; Meurig atebodd a rhois i'r ffôn i lawr. Ffonis eto'r dwrnod wedyn. Hi atebodd a bygwth peidio siarad efo fi byth taswn i'n gneud eto.

Pan fedris reidio 'meic, es i lawr ryw gyda'r nos i'r *Tryfan Arms*. Ges i groeso cyn gleniad â phawb arall gin Eirlys a dyna'r oll. Godis beint o seidar i mi a Martini a lemonêd iddi hi.

Roedd y seidar wedi cnesu cyn i'r lle wagio digon imi fentro at y bar a gofyn i Eirlys pryd cawn i ei gweld hi.

Grefodd hi arna' i i beidio â gneud sôn amdanan ni:

'Leciat ti imi golli'n jobsys llnau, a 'nghartra, tasa'r stori'n mynd ar led? Fedrat ti edrach ar 'yn ôl i, Dewi?'

'Peth dwytha dwi isio ydi i chdi ga'l helynt. Ond rhaid imi dy weld di eto Eirlys.'

'Oes, boi, wn i,' medda hi dan wenu fel bydda hi ar ôl inni garu. 'Wela' i chdi wyth o'r gloch, yn *Castle*, yn Dre, nos Sadwrn nesa. Cer rŵan.'

Es adra wedi gwirioni.

Roedd y pỳb yn weddol lawn ac Eirlys welodd fi gynta. Tasa hi fel arall, faswn wedi troi ar fy sowdwl a'i heglu hi o'no. Roedd hi efo rhyw ddyn. Ond gan bod hi'n gwenu mor glên ac yn chwifio'i llaw mor daer feddylis mai jest digwydd ista yno roedd o am bod seti'n brin, neu ei fod o'n trio cael hwyl arni ac y basa fo'n mynd gyntad ag y gwela fo bod Eirlys efo fi.

John McDaid oedd y dyn. Cawr o Sgotyn â mwng llew ar ei ben. Mwy o fforman neu gangar na labrwr. Rhyw ddeugian. Siacad ledar ddu, crys gwyn, tei goch, dwylo glân. Hen foi clên. Aeth at y bar i godi peint imi wedi i Eirlys ein cyflwyno ni i'n gilydd.

'Well imi fynd,' medda fi.

'I be'r ei di a chditha newydd gyrradd?'

Roeddwn i'n dal i ymbalfalu am atab pan ddath John yn ei ôl efo peint o *draught Bass* a: '*Get that down your neck, Dewi.*'

Cododd Eirlys a deud gan ddal i wenu: '*I'll leave you two to have your chat. I'll wait for you in the car, John.* Hwyl, Dewi. Cofia weithio'n galad yn rysgol 'cw.'

'*Lovely woman,*' medda McDaid yn deimladwy iawn wrth

wylio Eirlys yn gadal. Trodd yn ôl ata' fi a deud yn gyfeillgar, fel tasa fo'n nodi ffaith: *'Eirlys tells me you're crazy about her, Dewi?'*

Ddeudis i ddim byd. Faswn i wedi croesawu un o'r dyrna anfarth yn fy 'ngheg am fod gymaint o ffŵl.

Allwn i goelio nad oedd 'na ddim byd tebyg ar feddwl y Sgotyn.

'That's natural. Nothing to be ashamed of. But she is old enough to be your Mum, Dewi . . . '

Toeddwn i rioed wedi meddwl am hynny.

'It shouldn't be too difficult for a good-looking chap like yourself to find a young lady of your own age.'

Cododd McDaid, rhoi ei law ar f'ysgwydd i a ffarwelio efo'r geiria: *'Take care now, Dewi.'*

Chodis i mo 'mhen nes 'mod i'n siŵr ei fod o wedi gadal y pỳb.

Ffendis *'young lady'* cyn bo hir – Stephanie, merch Superintendant Roberts. Roeddan ni'n siwtio'n gilydd. Pawb yn deud. Fi'n gaptan y tima ffwtbol a chricet, hitha'n gaptan netbol a hoci. *Victor Ludorum, Victrix Ludorum.* Hi'n un o genod dela'r ysgol a rheiny'n meddwl 'mod i'n bishyn.

Roedd yr *Head* a'r Staff wrth eu bodda ein bod ni'n mynd efo'n gilydd. Y plant erill, yn enwedig y rhei fenga, yn edrach arnan ni fel brenin a brenhinas yr ysgol. Rhieni Stephanie wedi gwirioni. Ond toedd hi ddim yn boblogaidd yn tŷ ni. 'Dy ffansi ledi di' oedd yn cael y bai am roi'r syniad o fynd yn athro *PT* yn fy mhen i. Ma' hi'n wir ein bod ni wedi sôn am fynd i Loughborough efo'n gilydd, ond wydda fy rhieni na Stephanie ddim 'mod i wedi rhoid Caerdydd fel dewis cynta ar y ffurflen gais. 'Pwynt academaidd' yn y diwadd.

Roeddwn i'n gweld Stephanie'n *boring*, er bod hi wedi mopio efo fi. Am ei bod hi, ma'n debyg yn cytuno efo bob dim ddeudwn i, bob tro agorwn i 'ngheg. Toedd gin

Stephanie ddim barn ar unrhyw beth o gwbwl y tu allan i fyd *Sports*. Trenio. Cystadlu. Be i fyta ac yfad a phryd. Be i rwbio ar ein cyrff. Pa *supplements* i'w llyncu. Cymharu ni'll dau efo chwaraewyr ac athletwyr erill. Dyna'r unig betha roedd gin Stephanie ddiddordab gwirioneddol ynddyn nhw. Ar wahân i mi.

Faswn i wedi dŵad â'r garwriaeth i ben ymhell cyn gadal rysgol, ond byddai hynny wedi gneud 'mywyd i'n annioddefol wrth droi'r ysgol ei phen i waerad, peri i Stephanie fethu ei haroliada a phechu Superintendant Roberts yn anfaddeuol.

Aeth Stephanie i Loughborough a finna i'r Banc. Ffendiodd hi foi arall cyn diwadd y tymor cynta, fel roeddwn i wedi gobeithio. Gymris arna 'mod i'n torri 'nghalon.

Siomwyd Mr a Mrs Roberts yn ofnadwy pan ddaeth y *romance* i ben. Roddon ramtam i'w merch am jiltio hogyn ifanc mor neis – un roeddan nhw wedi dechra edrach arno fel mab-yng-nghyfrath yn barod. Drois i'r nant honno i fy melin fy hun.

Er pan ddechreuis fynd allan efo'i ferch o, roedd Superintendant Roberts wedi bod yn pwyso arna' i i joinio'r *Force* (ar ôl mynd i brifysgol ar *police bursary*). Yr un bregath gawn i bob tro gwela fo fi ar ôl i Stephanie a fi ddarfod. Ddechreuodd neud mwfs i 'nghael i i mewn i'r *Masons*.

Er bod y dyfodol gynigiodd y Super imi'n apelio – heblaw am wisgo ffedog unwaith y mis – roeddwn i isio dengid. Egluris i wrtho fo yn ystod rownd o golff sut roedd hi adra a mi awgrymodd 'mod i'n mynd i'r *RMP*, a chyfuno *police career* efo'r trafeilio a'r *sports* ma'r Armi'n gynnig. Helpodd fi i lenwi'r ffurflenni ac i baratoi at yr *interview*. Dynnodd o amball linyn, hefyd, medda fo.

Rhyw unwaith y flwyddyn fyddwn i'n dŵad adra ar *leave*. Yn ystod un o'r troeon prin hynny y cwarfis i Heulwen. Roedd hi'n clarcio i *Edward Jones & Sons* ac ofynnon nhw imi fynd â hi a llwyth o *legers, files* a phapura yn y car at yr *Accountant* yn Dre, a'u nôl nhw ddiwadd y pnawn.

Cesan. Cymêr. Doniol. Siarp. Cymryd dim gin neb, hyd yn oed Mam, ond heb gledrwydd, siniciaeth a hunanoldeb y merched roeddwn i wedi cyfathrachu â nhw'n ystod y bum mlynadd cyn hynny. Toedd hi ddim yn fachog nac yn feddiannol chwaith. Ofynnis i Heulwen ddŵad am ddrinc efo fi ac euthon ni am dro'n y car i Ben Llŷn a cha'l swpar mewn pỳb yn Aberdaron. 'Nes i ddim hyd yn oed cynnig am sws wrth ddeud nos dawch.

Sgwennon ni at ein gilydd wedi imi fynd yn ôl. Hynny'n fwy na dim ddaeth â ni at ein gilydd. Roeddwn i'n mwynhau darllan sylwada doniol Heulwen am bobol Llwyn Du, yn enwedig perchnogion a staff *Edward Jones & Sons,* a thrio sgwennu llythyra'r un mor ddifyr am fywyd yn yr Armi ati hithau. Es adra'r *long leave* nesa, er mawr syndod i bawb. Fuon nhw ddim yn hir cyn dallt pam. Erbyn imi fynd yn ôl i Aldershot roedd Heulwen wedi cytuno i 'mhriodi i.

Ddigwyddodd hynny dri mis yn ddiweddarach. Heulwen yn 19, finna'n 26. Priodas wen, yn capal, dros 100 o westeion. Feddylis i 'mod i wedi gneud rwbath yn iawn o'r diwadd ond roedd raid i Mam gael cwyno wrth bawb 'mod i wedi dwyn 'y glarcas bach ora gafodd y Ffyrm 'cw erioed'.

Roedd y pedair blynadd gynta'n fendigedig. Mewn gwahanol lefydd yn y wlad yma a'r Almaen fuon ni, ond roedd hynny'n 'gweld y byd' i hogan o Lwyn Du. Gafodd Heulwen waith heb unrhyw draffath yn *Administration* le bynnag byddwn i'n cael fy ngyrru ac roedd hi'n boblogaidd iawn ym mhob man efo'r gwragadd erill a'i chydweithwyr.

Hong Kong oedd *dream posting* yr Armi pan oedd y lle'n perthyn i ni. Cael dy dalu am fynd ar dy holides. Bob dim yno – tywydd, siopa, *sports facilities,* trafeilio i wledydd erill yn y *Far East.* Roedd Heulwen awydd mynd i *HK* gymaint â fi, er bod Geraint gynnon ni a'n bod ni isio un arall, ac roedd wrth ei bodd am y misoedd cynta, ond aeth gweithio a magu Geraint yn fwrn arni, a mi roddodd y gora i'w job. Teimlo'n unig ac yn hiraethus wedyn, yn enwedig pan ffendiodd hi ei bod hi'n disgwl eto – hiraeth am ei mam a'i chwiorydd a Llwyn Du; anghofio gymaint wirionodd hi ar gael 'madal â'r lle bedair blynadd ynghynt.

Roeddwn inna'n brysurach nag y bûm i erioed o'r blaen. *Where there's brass, there's muck,* medda'r ddiharab. Am bod *HK* yn le mor gyfoethog mae llygredigaeth o bob math yn ffynnu yno. Delio efo achosion *fraud* y bûm i lawar o'r amsar. Un difrifol iawn – *multi-million dollar job.* Hynny'n golygu bod Heulwen yn gweld llai arna' i na phan oeddan ni'n Lloegar a'r Almaen. Dalis am dicedi i'w mam hi ac i un o'i chwiorydd ddŵad atan ni am bythefnos ond roedd hi'n saith gwaeth wedi iddyn nhw fynd adra.

Roeddwn i ar fai. Po fwya fydda Heulwen yn cwyno ac yn swnian, mwya blin a diamynadd fyddwn i. Es i dreulio amsar pan allwn i fod efo 'nheulu yn y *mess* neu mewn baria erill. Fedrwn i ddim diodda bod yn y tŷ efo hi. Roedd o'n f'atgoffa i ormod o *Gwynfa,* ac roedd Heulwen yn f'atgoffa i o Mam.

Fyddwn i'n meddwl: 'Dwi 'di priodi Mam. Debyg iawn bod hitha'n hogan ifanc annwyl cyn llwyddo i fachu 'Nhad.'

Finna, yn lle delio efo cwynion Heulwen mewn ffor' resymol yn gwylltio ac arthio a slotian efo'r hogia. Effeithia'r yfad a'n euogrwydd inna'n gwaethygu'r sefyllfa wrth gwrs.

'Priodas 'Nhad a Mam yn cael ei hailadrodd,' medda fi wrtha fi'n hun bob tro caen ni ffrae – bob dydd y byddwn i adra.

Cyn bo hir roedd Heulwen a fi'n casáu'n gilydd.

Un esgus i ddengid oedd y *Week-end Camp* misol efo hogia erill yr *SIB* yn y *New Territories.* Fydda'r *Chinese* lleol yn trefnu bob dim ar ein cyfar ni, inni fwynhau penwythnosa o fyta, yfad, smocio pot, chwara ffwtbol, nofio, *martial arts* a mercheta.

Merch 'Maer' y pentra oedd Li Wah, nid un o'r genod oedd wedi eu talu i'n diddanu ni. Prif fasnachwr yr ardal oedd ei thad ac roedd i'w gweld yn reit falch bod ei ferch a finna'n gystal ffrindia.

Roedd Li Wah yn medru Seusnag yn bur dda. Toedd hi ddim yn ddwl, o bell ffor'. Er bod hi mor *exotic*, synnis faint yn gyffredin oedd gin fab i ddyn busnas bach o Lwyn Du a merch i ddyn busnas bach o Niax Qu.

Ddaeth y baradwys honno i ben pan ddeudodd Li Wah wrtha' i ei bod hi'n disgwl. Ddeudis i wrthi am gael ei warad o. Fynnodd hi ei gadw fo. Roeddwn i'n methu coelio. Wedi meddwl bod erthyliad yn golygu cyn lleiad â chwythu trwyn i'r *Chinese*. Rois i'r gora i'r *Weekends* yn y New Territories ac anfon 300 *HK dollars* i Li Wah efo un o'r hogia.

Yr un pryd ag yr oeddwn i'n cambihafio'n y brynia efo Li Wah, yn ôl yn y *Crown Colony* roeddwn i'n cael *affair* efo Alison, Saesnas ifanc o Surrey, yn gweithio efo un o'r *insurance multinationals*. Gwarfon ni pan oeddwn i'n infestigetio *involvement* swyddogion uchal yn yr *armed forces* mewn twyll yn erbyn y cwmni. Ddalis i'r diawlad ac roedd bosus y Gorfforaeth mor ddiolchgar, gynigion swydd imi'n gneud yr un math o waith iddyn nhw am dipyn go-lew mwy o gyflog nag roedd yr Armi'n ei dalu imi.

Ddeudis i wrth Alison, er mwyn ei chadw hi'n hapus, y byddwn i'n derbyn y cynnig, gadal Heulwen a byw efo hi, ond na fedrwn i neud hynny nes i'r babi newydd gael ei eni. Chwaraeodd Alison y tric hynna un arna' i. Stopiodd hi gymryd y bilsan, lenwis i hi, a ddeudodd hitha wrtha' i am ddewis rhyngddi hi a'i babi, a Heulwen a'i babi hi.

Taswn i dros fy mhen a 'nghlustia mewn cariad efo Alison faswn i byth wedi derbyn y fath amod, a byw dan ei bawd hi. Toedd hi ddim yn fy nabod i o gwbwl, nagoedd?

A finna'n 'fabi cynnar', fedrwn i ddim peidio â meddwl bod Mam wedi gneud rwbath tebyg i 'Nhad.

Gymris arna' wrth Alison 'mod i wedi gwirioni, ar ôl dŵad dros y sioc gynta, a gofyn am amsar i dorri'r newydd i Heulwen, a threfnu i gael fy rhyddhau o'r Armi ar gin leiad o gost i mi ag oedd bosib.

Cythral o ddynas oedd Alison. Aeth i weld Heulwen efo *x-ray* o'r babi yn ei bol hi.

Lle ofnadwy.

Ma'r Armi'n dda iawn mewn sefyllfaoedd felly. Roedd Heulwen a Geraint ar eu ffordd adra ymhen wsnos, a finna'n eu dilyn nhw wsnos yn ddiweddarach.

Gafodd ein priodas ni bara ar dair amod:

1. 'Mod i'n gadal yr Armi pan ddeua 'nghytundeb i ben ymhen dwy flynadd.

2. Ein bod ni'n prynu tŷ yn Llwyn Du fydda'n gartra inni fel teulu; Heulwen a'r plant i fyw efo'i rhieni hi tan bydda fo'n barod.

3. 'Mod i'n deud y cwbwl wrth Heulwen, y gwir i gyd.

Roedd Alison wedi dadlennu bob dim o bwys ynglŷn â'n *affair* ni. Sonnis i wrth Heulwen am Li Wah ond nid am ei babi hi.

Ges adael Hong Kong gin yr Armi ar yr amod 'mod i'n mynd i Gogledd Iwerddon.

Roeddwn i wedi bod yno o'r blaen ac mewn sefyllfaoedd digon dyrys, ond yn ystod y *tour* honno y cafodd Brian Unsworth hi'n ei wynab ac y saethwyd yr 'Hogan Goch'.

Erbyn i'r ddwy flynadd ddŵad i ben, roedd Heulwen a fi'n dallt ein gilydd yn well nag y gneuthon ni erioed. Ni themptiwyd fi unwaith i fod yn anffyddlon. Fy nod mewn bywyd oedd bod yn ŵr da ac yn dad annwyl a chydwybodol.

Lwyddis i tra oeddwn i'n yr Armi. Dim ond wedi imi 'madal y daeth yr hunllefa a'r *flashbacks* i ddifetha 'mywyd i a'r tri roeddwn i'n eu caru. Andwyon nhw 'mherthynas efo pobol erill hefyd, yn benna, 'mrawd, Medwyn a staff *Edward*

Jones a'i Feibion, lle ces i'r swydd o ofalu am adran o'r busnas oedd yn datblygu'n gyflym iawn ar y pryd, *Security/* Diogelwch – cloeon, *fire & burglar alarms,* camerâu *CCTV* ac ati.

'Methu derbyn 'i frawd bach fel Bos drosto fo' oedd barn y Pentra ac adewis i bobol goelio hynny.

Fûm i'n gyrru tacsi am sbel, hyd nes imi godi cythral o ofn, ryw nos Sadwrn, ar foi bach a chwdodd yng nghefn 'nghar i a'r tri mêt oedd efo fo. Ddychrynis fi'n hun hefyd, a gadal y job.

Dyma'r cyfnod pan oeddwn i'n cerddad strydoedd Dre ac yn treulio oria ar fy mhen fy hun yn crwydro brynia, mynyddoedd a hen chwareli'r ardal. Roeddwn i'n flin ac yn bigog drwy'r amsar ac yn deud pethau cas neu sbeitlyd bob tro agorwn i 'ngheg wrth Heulwen a'r plant ac yn ei chadw hi ar gau am oria yn hytrach na'u brifo nhw.

Ma'n bosib bydda'r briodas wedi dal drw'r cwbwl taswn i heb neud be 'nes i'n Hong Kong. Ella y bydda Heulwen wedi medru madda hyd yn oed y tro drïis i ei thagu hi, wrth freuddwydio ma'r Hogan Goch oedd yn cysgu wrth f'ochor i. Gysgon ni ar wahân wedyn ond roeddwn i'n dal i'w deffro a'i dychryn hi a'r plant bob nos wrth nadu ac ochneidio a siarad trwy fy hun ar dop fy llais. Dyna pam es i at Mam.

Wellis ar unwaith ac aeth 'noson neu ddwy' yn wsnos, yn bythefnos, yn fisoedd. Roedd bod heb ofn dychryn Geraint a Delyth neu frifo Heulwen yn rhyddhad. Welis bod Heulwen a'r plant yn hapusach o lawar dan y drefn newydd ac yn falch o 'ngweld i unwaith eto pan fyddwn i'n taro i mewn neu'n mynd â nhw am dro'n y car, i'r pictiwrs, neu am hambyrgyr.

Peth da arall ddeilliodd o'r cyfnod hwnnw oedd gwelliant syfrdanol yn fy mherthynas i a Mam. Am y tro cynta erioed deimlis i'n gartrefol yn *Gwynfa* a bod gin i fam famol. Dim byd yn ormod o draffath iddi. 'Run gair o feirniadath, waeth pa mor flin a chas a phwdlyd fyddwn i. Byth yn edliw, er bod gynni hi ddigon o le i neud hynny rŵan. Barod am sgwrs pan fydda gin i rwbath i'w ddeud; gadal llonydd imi pan fyddwn i â 'mhen yn fy mhlu. Yn gefn imi heb fusnesu. Dangos ei bod hi'n poeni amdana' i heb 'mhitïo i.

Wyddwn i fod hyn i gyd yn straen ar Mam ac roeddwn i wedi meddwl ers amsar y bydda'n syniad imi fynd i ffwr' am 'chydig ddyddia. Fedrwn i yn fy myw feddwl am nunlla roeddwn i isio'i weld, na'r un hen ffrind y medrwn i fod yn ei gwmni am ddyddia. Ofn bod ar 'mhen fy hun mewn lle diarth; ofn colli'r cyfaill fydda'n gwmpeini imi.

Dyna sut perswadiodd Mam fi mor rhwydd i fynd i'r Sowth at Yncl Dei.

'Nath yr holide hwnnw gymaint o les, deimlis i'n siŵr medrwn ailgydio'n fy mywyd efo 'nheulu. Ail ges i.

Mae hanas be ddigwyddodd wedyn fel mae o'n y Stori, fwy neu lai. Symyleiddiwyd yr hanas, cywasgwyd digwyddiada, cyfunwyd cymeriada a thorrwyd dipyn go lew o'r deunydd gwreiddiol ond mae'r ffeithia sylfaenol yn gywir.

Dechra gofidia 'mherthynas i ag Olwen Angharad, a diwadd y 'mis mêl' oedd pan ddeudodd hi lecia hi inni fyw efo'n gilydd 'fel gŵr a gwraig'.

'So i'n rhoi pwyse arnot ti, Dewi,' medda hi'n hollol ddiffuant.

Dyna ddigwyddodd, wrth gwrs, a mi ddaeth y breuddwydion, yr hunllefa a'r *flash-backs* yn ôl i 'nhormentio i. Fyddwn i'n gweld yr Hogan Goch ac yn gwrando ar ei melltith hi o leia dair noson mewn wsnos. I gadw cow arni hi a'r diafoliaid erill oedd yn fy mhlagio i, ddechreuis lyncu tabledi wrth y pwys: tabledi nerfa, tabledi cysgu, tabledi i reoli sgîl-effeithia'r lleill. O smocio deg y dydd, es i'n ôl i hannar cant.

Ges bylia eto o fod yn surbwch ac yn swta efo pobol, ac yn anghymdeithasol. Sylwodd Dei a galw i 'ngweld i ryw gyda'r nos. Finna'n ddigon diamynadd, newydd gyrradd adra o Benrhys, lle bûm i'n trio cael sens o hogyn ddim cweit yn iawn, gyhuddwyd o ddwyn pwrs efo ychydig bunnoedd ynddo fo, a adawyd mewn ciosg teliffon gin ddynas o'r un stryd.

Gnociodd Dei cyn imi roid switsh-on i'r tegiall. Welis ar unwaith fod 'na rwbath yn ei boeni o. Ddeudodd o ddim be, nes ein bod ni'll dau wedi tanio ac yn sipian te. Wedyn mi holodd, braidd yn chwithig:

'Paid â meddwl mod i'n busnesu, Dewi, ond, wel . . . Gin i feddwl mawr o Olwen, fel gwyddost ti, ac ohonat titha, wrth gwrs . . . Ma' petha'n iawn rhyngddach chi tydyn?'

'Ydyn siŵr iawn, Dei.'

'Jest . . . Cael yr argraff rydw i nad ydach chi'n gweld 'ych gilydd gin amlad, dyddia hyn. Bod chditha fel tasa 'na rwbath ar dy feddwl di . . . '

'Rydan ni'n dallt 'yn gilydd i'r dim, Dei. Dwi gystal ag y bydda' i byth. Yn well o beth wmbrath nag oeddwn i cyn cwarfod Olwen.'

'Dda gin i glwad, 'ngwas i,' medda Dei, er bod hi'n amlwg nad oedd o'n 'y nghoelio i. Wedyn mi siaradodd heb flewyn ar dafod, fel bydd o pan deimlith o reidrwydd i ddeud caswir:

'Mi w't ti wedi bod yn ffodus iawn yn Olwen Angharad. Alla' hitha neud lawar gwaeth na dy gael di. Paid â siomi'r hogan, Dewi. Faddeua' i byth ichdi os gnei di dro gwael efo hi.'

'Peidio bod yn deilwng ohoni hi, Dei. Dyna be sy'n 'mhoeni i.'

'Ma' hi'n meddwl dy fod ti. Ddyla hynny fod yn ddigon i chdi. Bacha dy gyfla i fod yn hapus, Dewi. Beryg ma' hwn fydd yr un ola gei di.'

Roedd Olwen a Dei'n llawia. Ychydig ddyddia'n ddiweddarach, awgrymodd hi ein bod ni'll tri'n mynd i noson o adloniant yn y Clwb Cymraeg yn Ponty, gan y bydda ffrindia iddi hi a Dei'n siŵr o fod yno. Gytunis i. A'n bod ni'n mynd am sgram i *Anna's Restaurant* gynta.

Lle difyr sy'n gymysgadd o'r Eidal a'r Cymoedd, ydi *Anna's*. Y bwyd yn plesio'r trendi – Olwen Angharad, y ceidwadwr (gastronomig) – Dei, a'r dyn cymedrol, canol y ffor' – fi. Un rheswm bod Dei ac Olwen wedi cymryd at ei gilydd ydi bod y ddau'n sgut am bolitics. Yn hwyr neu'n hwyrach, fydd pob sgwrs yn troi'n ddadl boeth. Ista'n ôl fydda i a mwynhau'r *repartee*. Perla fel:

'Shwt allwch chi ganmol dihiryn fel Stalin, Dei?'

'Arwr . . . '

'Fel *Ivan the Terrible*! Dyn creulon, didrugaredd oedd e.'

'Dim ond cythral o ddyn fedra ddal 'i dir yn erbyn gangsters fel Chamberlain, Churchill a Truman. Heb sôn am y ffrind gora gafodd Cyfalafiaeth a 'Gwareiddiad y Gorllewin' erioed, Adolf Hitler.'

'Dim ond cythrel o ddyn fydde wedi hala milodd o weithwyr i Seibiria.'

'Am ddiogi a thorcyfraith ac ochri efo gelynion y wlad, pan roedd rheiny, o'r tu fewn a'r tu allan, am y gora i'w distrywio hi. Cofiwch chi, Olwen, bod y rhan fwya o weithwyr yn berffaith hapus, cyn bellad â bod gynnyn nhw bres yn 'u pocedi i dalu am igian o ffags bob dydd, llond cratsh o gwrw nos Wenar a nos Sadwrn, ac amball i buntan i roid ar geffyl'.

Roddis inna 'mhig i mewn: 'Be sy' o'i le ar hynny?'

'Bodloni ar fod yn weision pryd gallan nhw fod yn ddosbarth llywodraethol. Ma' angan arweinydd cry ar y Werin i gicio'i phen-ôl hi, weithia.'

Ddatblygodd sylw diniwad gin i am y llunia lliwgar ar y parwydydd – golygfeydd o'r Eidal – yn daeru ynglŷn â *role* artistiaid a sgwennwyr dan Gomiwnyddiaeth:

'Fel arlunydd 'ych hunan, Dai, ma'n rhaid bo' chi'n erbyn sensoriaeth o unrhyw fath?'

'Taswn i'n artist yn yr Undeb Sofietaidd, Olwen, fasa'r Llywodraeth wedi f'addysgu'n rhad ac am ddim, darparu defnyddia paentio a stiwdio imi, a 'nghyflogi i'n anrhydeddus. Fasa gin y Llywodraeth hawl i ddeud wrtha' i be i baentio. Cradur anniolchgar, hunanol ac anfoesol iawn faswn inna, i fynnu dilyn fy mympwy fy hun. Tydi hi ddim mor wahanol yn y wlad yma a Mericia, wyddoch chi . . . '

'Wrth gwrs bod hi. Mae arlunwyr yn cael paentio beth ma' nhw'n moyn.'

'Paentio i blesio dynion cyfoethog a bosus cwmnïa mawr ma'r rhei llwyddiannus.'

Roeddwn i'n ddigon hapus i wrando arnyn nhw'n paldaruo. Fedrwn i synhwyro bod y *waitresses* a'r bobol o'n cwmpas ni'n meddwl mai gŵr a gwraig a thad-yng-nghyfraith oeddan ni. Lecis i hynny.

Rhyw ddauganllath o'r Stryd Fawr sydd rhwng *Anna's* a'r Clwb Cymraeg. Hen warws ydi'r adeilad, dwi'n ama, yn sefyll ychydig lathenni o'r stryd ac ychydig droedfeddi o'r afon. Sgubor o stafall ydi'r bar ffrynt, yn llawn joc, pan gyrhaeddon ni, o athrawon yn dathlu ei bod ni'n nos Wenar. Yn un gornal roedd 'na ddwsin o bensiynwyr yn canu hen gân Elvis Presley, *Return to Sender*, i gyfeiliant gitâr.

Deif ydi'r bar cefn, lle'r oedd *Noson Fawr Cymru-Nicaragua*'n cael ei chynnal. Roedd fan'no'n llawn hefyd o bobol chwyslyd. Y rhan fwya' mewn crysa Ti coch neu wyn â sloganna 'chwyldroadol' arnyn nhw. Roedd y pregethu wedi darfod, diolch byth, erbyn y cyrhaeddon ni, a'r *comrades* yn clebran nerth 'u penna â'u llond o bastis, brechdana, *sausage rolls, crisps* a chnau mwnci.

Wedi imi godi rownd aeth Olwen am sgwrs at griw o genod Caerdydd mewn crysa Cymdeithas yr Iaith Gymraeg, a Dei at dri *class-warrior* o'r un genhedlaeth â fo'i hun – Tom James, Groegwr mewn cadair olwyn, o'r enw Paul, ac Iraci, Cemel.

'Un o fêts Saddam?' medda fi wrth Dei pan roddodd o bres imi godi rownd drosto fo.

'Go brin, Dewi,' medda Dewyth, 'A phlismyn Saddam Hussein wedi lladd chwaer Cemel, 'i gŵr a thri o'i phlant.'

Yr Awdur oedd yr unig un roeddwn i'n nabod, ar wahân i Olwen a Dei. Roedd o efo'i wraig a chriw o'u ffrindia a ddeudon ni fawr mwy na 'Sud ma'i?' wrth ein gilydd.

Roeddwn i'n reit hapus yn sefyll wrth y bar efo hannar o siandi. Fydda' i wrth fy modd mewn lle diarth, yn sylwi ar bobol ac yn clustfeinio ar eu sgyrsia nhw.

Ges i'n siomi ar yr ochor ora gan ddwy eitem gynta'r adloniant, gitarydd clasurol yn chwara miwsig o America Ladin ac actores yn darllan cyfieithiada Cymraeg a Seusnag o farddoniaeth o'r rhan honno o'r byd.

Roeddwn i'n mwynhau'n hun yn iawn tan hannar ffor' drwy'r eitem ola. Yn ôl ei acen, un o Gaerdydd oedd y Canwr Gwerin; stwcyn byr, pryd tywyll, efo gwynab hogyn powld pymthag oed er ei fod o, ma' raid, dros ei hannar cant. Toedd y llais ddim yn un swynol ond yn iawn i ganu'n Seusnag am gyni'r Werin yn y wlad yma ac arwriaeth y coliars aeth i Sbaen i gwffio'n erbyn Franco, ac *Ar lan y Môr* a *Moliannwn* yn Gymraeg.

Tasa'r noson wedi darfod yn fan'na fasa hi wedi bod yn un ardderchog. Toedd gin i ddim gwrthwynebiad i *I'll take you home again Kathleen* a *The Fields of Athan Rye*. Be gnath hi, be ddifethodd y sioe i mi oedd Tom James yn gweiddi 'Kevin Barry, Dave'.

Canodd Dave *Kevin Barry* a chael cymeradwyaeth wresog. *Off to Dublin in the Green* a *Johnson's Motorcar* wedyn, i gymeradwyaeth fwyfwy tanbaid. Roedd hi fel *St Patrick's Night* yn Crossmaglen.

'Nes i 'ngora i reoli'r casineb oedd yn corddi ac yn

chwyddo tu mewn imi. Casineb at y Canwr am ddifetha'r noson. At Iwerddon a'r Gwyddelod, oedd wrth wraidd 'mhroblema i i gyd. Ddifethon nhw 'mywyd i. Gwyddal oedd y bastad canwr. Roedd gynno fo wynab Gwyddelig ac acen Wyddelig. Godis i a mynd ato fo fel roedd o'n tiwnio'i gitâr cyn rhoi *The Men behind the Wire* inni. Er 'mod i o' ngho', ofynnis i, yn ddigon poléit:

'Would you mind not singing these republican songs? This is Wales not Eire. This is the UK, like it or not. Most Welsh people object strongly to the anti-British views these songs express. We don't need this madness here.'

Chwarddodd y Canwr: 'It's request time, mate. I'll sing The Sash Me Father Wore or God Save the Prince of Wales, if you like.

Tasa fo wedi'i gadal hi'n fan'na, faswn wedi mynd i'r bar arall i ddisgwl am Olwen a Dei. Yn lle hynny, mi drodd y boi at y gynulleidfa a chyhoeddi: 'This gentleman has asked for God Save the Prince of Wales . . . '

Os bu 'storm o anghymeradwyaeth' erioed! Drycin. Terfysg. Pawb yn bwio ac yn gweiddi a giang o ddynion yn dŵad amdana' i.

Es i'n lloerig. Afaelis yn y Canwr a'i ysgwyd o nes bod ei ddannadd o'n tincial, dan floeddio nerth fy men: 'Go back to Ireland, you Fenian scum!'

Glywis lais Bob James y tu ôl imi, yr un mor gynddeiriog: 'Let him go, you redcap bastard!'

Syrthiodd yr haul, y lloer, y sêr a tho'r Clwb Cymraeg ar fy mhen i.

Fflach. Gwaew. Fflama. Düwch.

Last Chance Saloon a *Heartbreak Hotel* oedd yr enwa roddis i i'r Clinig pan ddes i yma gynta. Honglad o dŷ mewn ardal barchus o'r 'Costa Geriatrica'. Eneidia coll fel fi'n crwydro drwy'r stafelloedd mawr a'r coridora tywyll, tal; neu'n hel at ei gilydd i gwyno a smocio o flaen y teli sydd ymlaen drwy'r dydd. Dynion â'u bywyda wedi darfod ond yn methu marw. Hyd yn hyn.

Fyddwn i wedi gadal ar ôl deuddydd tae hynny'n bosib heb siomi Olwen a Dei. Rydw i'n falch 'nes i ddim. Erbyn diwadd yr wsnos gynta, ddechreuis deimlo'n gartrefol, o fod efo soldiwrs erill unwaith eto.

Soldiwrs yn diodda *PTSD*, fel fi. Ac yn barod i siarad am achosion ac effeithia'r salwch. Heb deimlo cywilydd. Yn barod i wrando arna' i heb gondemnio nac arswydo na phitïo. Roedd hynny fel cael gwarad o faich anfarth oddi ar fy nghefn. Carthu stwmp mileinig, du fu ar fy stumog ers oesa.

Roedd agwedd Dr Davies a'i Staff yn dra gwahanol i'r ffor' bydd seiciatryddion y Fyddin o ddelio efo'n problema ni. Job rheiny, fel deudodd Dei, ydi'n cael ni'n ôl yn y rhengoedd. Cyfiawnhau; hel esgusion, codi cwilydd. 'Petha felly sy'n digwydd mewn rhyfal. Be oeddat ti'n ddisgwl pan joinist ti? *Pull yourself together, man!'*

Fu'r *GP's* welis i a'r hogia fawr gwell. Toes gin rheiny ddim mynadd efo ni. Ddim isio clwad. Methu dallt. Deiagnosio'n ffyddiog mai 'nerfa' ydi'r broblam, neu fethu dygymod efo *civilian life*. Presgreibio Prozac neu Valium. Awgrymu bod chdi'n chwilio am hobi. Rhei'n ama bod coll o'r dechra cynta ar unrhyw ffŵl sy'n ddigon dwl i fynd yn sowldiwr. Amball i leffti o ddoctor ddim yn trio cuddiad y farn ein bod ni'n haeddu bob dim geuthon ni. Rhei doctoriaid ceidwadol yn trin ni fel sbwrial cymdeithas.

Jest gwrando mae pobol y Clinig. Ar y dechra, o leia. Nes ymlaen, mi fyddan yn awgrymu ffyrdd i ni ddelio efo be glywon nhw.

Gwrando heb feirniadu na chyfiawnhau, na hel esgusion drostan ni. Gadal inni ddeud ein deud.

Mwy o dabledi neu math gwahanol ydi atab pob doctor welis i cyn dŵad i'r Clinig. Peri i ddyn feddwl mai arno fo mae'r bai am fod mor wan, mor ddibynnol ar gyffuria. Tasa fo'n soldiwr gwerth ei halan, fydda milwra ddim wedi ei droi o'n ewach, neu'n fwystfil.

Mae llawar o'r hogia sy' 'ma wedi bod mewn traffath efo'r Gyfraith. Amball un wedi troseddu'n ddifrifol, treulio blynyddoedd dan glo a dŵad allan yn saith gwaeth. Fus i'n lwcus. Sawl gwaith.

Ma' Dr Davies yn ein hannog ni i sgwennu'n profiada, y rhei fedar. Dyna be 'di hwn.

Peth arall ma' nhw'n ei weld yn fuddiol yma ydi inni ddatgelu'n profiada i'n cariadon a'n gwragadd a'n teuluoedd.

Fydd Olwen yn dŵad i 'ngweld i bob *week-end*, os medar hi. Dei unwaith y mis. Roeddwn i wedi sôn wrth y ddau, ers talwm, am yr erchylltra oedd mor fyw yn fy meddwl i, ddydd a nos. Dim ond ar ôl deufis yn y Clinig y medris ddeud y gwir wrthyn nhw am helynt Beeches Avenue a pham fod yr Hogan Goch â'i chrafanga yn f'enaid i.

Ar y prom yn Llandudno y deudis i'r gwir, ar fainc yn gwynebu'r môr. Pnawn o Wanwyn. Awyr las, sglein ar fôr llai llwyd nag arfar, gwylanod yn sgrechian yn hapus. Heidia o bensionîrs hyd y lle, yn mwynhau cnesrwydd yr haul. Fel bod mewn cartra henoed awyr-agorad.

Mae'r hanas fel y deudis i o o'r blaen yn iawn hyd at pan redis i i gefn y tŷ yr aeth Johnny i mewn iddo fo, a gadal Brian Unsworth wrth y drws ffrynt.

Toedd y drws cefn ddim wedi'i gloi. Agoris i o'n ofalus a chamu'n ddistaw i mewn i'r gegin fach. Un lân a thwt iawn.

Chlywis i'r un smic o unman nes i Brian falu'r drws ffrynt. Gweiddi a sgrechian mawr wedyn. Lleisia Unsworth a Johnny a llais merch. Munud nesa, rhuthrodd Johnny i mewn i'r gegin â'i wn yn ei law'n 'nelu ata' i. Saethis i o drwy'i galon. Fel ces i 'nysgu.

Hogan bach efo gwallt coch, cyrliog saethis i'n gelain, nid Johnny. *TV Zapper* oedd gynni hi'n ei llaw, nid gwn.

Eiliad wedyn, ddaeth Johnny i mewn, gweld be oedd wedi digwydd a bloeddio: *'You bastard! You fucking bastard! You shot her!'*

Dyna eiria ola Johnny. Cyn medrodd o na fi danio at ein gilydd, dyma Unsworth i mewn i'r gegin a saethu'r Gwyddal yn ei ben.

Gwaed yr hogan a gwaed a 'mennydd Johnny hyd bob man. Safodd Brian a fi'n rhythu ar y ddau gorff a'r llanast ofnadwy.

Am funud. Dim mwy. Rhag i gymdogion neu batrôl gyrradd. Feddylion ni am stori gredadwy. *Checkiodd* Brian bod yr Hogan Goch wedi marw a'i saethu hi deirgwaith yn ei chefn efo gwn Johnny. Yna ffonion ni *HQ*.

Ynganodd Olwen, Dei na fi'r un gair am oesoedd, nes i Olwen awgrymu'n bod ni'n mynd yn ein blaena i ben arall y prom. Gerddon ni at geg y *Pier* ac yn ôl i'r car, dwy filltir o leia, fel tri mudan.

Yn dawal iawn yr yfon ni'n te yn *common room* y Clinig cyn iddyn nhw ei throi hi am y Sowth. Ond wrth ysgwyd fy llaw i cyn 'madal – peth anarferol – medda Dei: 'Da iawn chdi, Dewi. Mi gymrist gam bras iawn yn dy flaen pnawn 'ma.'

Aeth Dei i mewn i'r car, i mi ac Olwen ffarwelio. Afaelodd hi'n fy nwylo hefo'i dwy law hi, ac edrach i fyny ata' i.

'Synhwyres i bod rhyw gyfrinach yn ein cadw ni ar wahân,' medda Olwen Angharad. 'Feddylies i taw . . . '

Betrusodd hi a rhoi chwerthiniad bach cwta:

'Taw rhywbeth dibwys oedd e. Ma' ffordd 'da ni i fynd 'to, Dewi. Ffordd bell, ond ma' gobaith nawr down ni i'r lan 'da'n gilydd.'

Roedd golwg wael ar Olwen pan gyrhaeddodd hi'r Clinig, ganol dydd, y Sadwrn canlynol. 'Siwrne uffernol. Traffig trwm yr holl ffordd,' oedd ei hesboniad hi. 'A so i wedi bod yn cysgu'n dda yn ddiweddar.'

Ges glywad y rheswm am hynny'n nes ymlaen y pnawn hwnnw. Roeddan ni'n gorweddian ar gadeiria esmwyth yn *bay window* ei stafall hi, yn yr *Awelon Guest House*, yn gwylio'r glaw'n stido'r ffenast ac yn duo'r môr. Fedrwn i synhwyro bod rwbath ar feddwl Olwen. Roedd gin i syniad be oedd o.

'Ydi be ddigwyddodd yn Beeches Avenue, Derry wedi newid d'agwedd di ata' i?' holis i.

Atebodd hi ddim am hir. Dim ond syllu drwy'r ffenast a'r glaw at y bae digalon. Wedyn dyma hi'n troi ata' i ac yn deud:

'Mae hynny'n dibynnu ar d'agwedd di, nawr, at y digwyddiad hynny. Wyt ti'n edifarhau?'

'Siŵr dduw bod ddrwg gin i . . . '

'Nage 'na ofynnes i. Nage: "Fydde well 'da ti petae ti heb saethu'r ferch? A dy ffrind heb ladd y bachgen?" Bydden i'n erfyn ateb cadarnhaol i'r cwestiwn 'na gan unrhyw un ond seicopath. Nage "Wyt ti'n difaru" oedd y cwestiwn, Dewi, ond "Wyt ti'n edifarhau?" Mae gwahanieth. Mae'n gofyn wyt ti'n ymddiheuro o waelod calon am derfynu dau fywyd ifanc cyn pryd? Yn syrthio ar dy fai ac yn cydnabod fod y weithred yn un hollol anghyfiawn? Allet ti "ddifaru", ac ystyried, yr un pryd, farwolaethe'r crwt a'r groten fel difrod anffodus, *collateral damage,* ys gwedan nhw, sy'n bownd o ddigwdd mewn rhyfel.'

Amddiffynnis i'n hun:

'Euthon ni ddim i mewn i'r tŷ yn Beeches Avenue efo'r bwriad o saethu Johnny. Fo greodd y sefyllfa arweiniodd at 'i farwolaeth o'i hun. Fo a'r rhei roddodd wn iddo fo, gan wbod toedd o ddim yn llawn llathan. Damwain drasig oedd saethu'r hogan.'

Rhoddodd Olwen Angharad y gora i daeru a deud yn dawal iawn:

'Breuddwydies i amdani bob nos yr wthnos ddiwethaf,

Dewi. Am yr "Hogan Goch" a'r digwyddiade dychrynllyd ddisgrifiest ti wrtho i a Dai. 'Na pam gysges i mor wael.'

Roeddwn i wedi cael wsnos dda iawn er pan ddeudis i'r gwir wrthyn nhw am Beeches Avenue. Deimlis i'n hun yn suddo'n ôl i waelod y gors rŵan.

'Dos o'ma, Olwen,' medda fi'n flindeig, nid yn flin. 'Siom, anhapusrwydd a thraffath di-ben-draw ydw i wedi'i roid i bawb drystiodd fi rioed. Yn ddynion, merched a phlant. Rwyt ti wedi gneud mwy drosta' i nag ydw i'n haeddu. Dos. Mwynha dy fywyd.'

'Paid meddwl nagwy wedi styried 'na,' medda Olwen a sbïo i 'ngwynab i. Drois i 'mhen orwthi a gwrando arni'n mynd yn ei blaen:

'Ond so i am roi lan. Rwy' am wneud popeth alla' i, i gadw'n addewid i dy ryddhau di o afael d'orffennol. O huale'r ffordd o fyw ac o feddwl sy'n dy gaethiwo di. Fel gnest ti i mi. Ond nage dim ond mater o gadw addewid yw e. Fy nghariad i sy'n y carchar. Y dyn rwy'n garu. Rwy am 'i gael e mas. Fel bod ni'n gallu byw 'da'n gilydd, fel ry'n ni'n dou'n dyheu.'

Feddylis am hir cyn atab: 'Rwyt ti wedi rhoid llawar iawn o betha imi feddwl amdanyn nhw, Olwen. Fedra' i ddim deud, â'n llaw ar 'y nghalon, 'mod i'n "edifarhau", fel rwyt ti am imi neud. Rhy gynnar. Ond os mai hwnnw ydi'r llwybr raid imi'i droedio i fod efo chdi, mi ro'i gynnig arni.'

'Rwy' am ofyn rhagor gen ti, Dewi.'

Anodd deud yntai ymbil ai gorchymyn oedd hi. Drois i sbïo a gweld cymysgadd o'r ddau ar wynab Olwen Angharad wrth iddi fynd yn ei blaen:

'Rwy' am i ti a fi drafod pwnc ry'n ni wedi'i osgoi hyd yn hyn. Rhag inni gweryla. Rhag gwaethygu dy brobleme di. Politics. Y wleidyddiaeth halodd ti i Iwerddon i fyw y profiade ac i gyflawni'r gweithredoedd sy'n d'erlid di.'

Ddechreuis golli'n limpyn, er 'y ngwaetha:

'Mewn geiria erill, rwyt ti isio imi gael gwarad o'n rhagfarna i ac arddal dy rei di?'

Oerodd llais Olwen Angharad: 'Wedodd Dai wrthot ti unwaith taw swyddogeth seiciatryddion ac offeiriadon y Fyddin yw eich cael chi filwyr yn ôl yn y gwaith. Madde'ch pechode, fel bo chi'n abl i gyflawni rhagor o anfadwaith dros Loegr. So i'n bwriadu gneud jobyn tebyg. So i am dy helpu di i ddod yn "aelod defnyddiol o gymdeithas" unwaith 'to, heb i ti gydnabod a chyfadde beth yw gwraidd y drwg. Oni bai bod ti'n cefnu'n llwyr ac yn derfynol ar y meddylfryd a'r wleidyddiaeth yrrodd ti i Iwerddon, 'sdim dyfodol inni 'da'n gilydd. Os sefa' i 'da ti, heb iti newid, bydda' i'r un mor euog â thi, a'r "Hogan Goch" yn pallu gadel imi gysgu, fel cosb.'

'Be'n union w't ti isio imi'i neud? Mynd yn ôl i Belffast, syrthio ar 'y nglinia o flaen Gerry Adams ac erfyn am faddeuant?'

'Cydnabod nad oedd 'da ti hawl i fod yng nghartre'r ferch saethest ti, nac yn ei gwlad hi.'

'Es i i'w thŷ hi ar ôl gangster bach oedd yn barod i iwsio'i wn i ladrata ychydig bunnoedd oddar Wyddal arall, gonestach na fo'i hun. Aeth "Byddin Lloegar", fel rwyt ti'n 'i galw hi, i Ogladd Iwerddon, yn y lle cynta, i stopio'r Protestaniaid rhag lladd miloedd o'r Pabyddion, ac aros yno i drio stopio'r rheiny rhag taro'n ôl yn yr un modd. *Terrorists* ydi'r *IRA*. Dihirod sy' wedi lladd miloedd, mewn llefydd fel Warrington, Birmingham, Omagh – ma'r rhestr yn ddiddiwadd.'

'Ma'r *IRA* wedi gwneud pethe anfaddeuol o farbaraidd. Wedi llofruddio a chlwyfo nifer fawr o bobol ddiniwed, yn greulon ac yn fwriadol. Rhynddyn nhw a'u cydwybod am hynny. Ond y ffaith sylfaenol yw hon. Fydde'r erchylltere hynny ddim wedi digwdd erioed petai Lloegr heb oresgyn Iwerddon ac anfon ei byddin yno i gadw Gogledd-ddwyrain y wlad honno'n rhan o'r Deyrnas Gyfunol.'

'Hen hanas ydi hynny, Olwen.'

'Shwt mae deall ble ry'n ni nawr heb astudio Hanes?'

'Rwyt ti'n gofyn imi wadu rwbath dwi'n gredu er mwyn credu 'run fath â chdi!'

'Nagw. Bydde 'na ddim gwerth taten. Rwy' am inni astudio hanes Iwerddon a Phrydain Fawr gyda'n gilydd. A hanes Cymru hefyd. Yn onest ac yn wrthrychol. Trafod. Dadle. Taeru. Anghytuno'n ffyrnig ar adege. Ond gyda'r nod o gyrraedd cyd-ddealltwriaeth. Dyna'r unig feddyginiaeth ddaw â gwellhad parhaol iti, Dewi.'

Fedra' i ddallt rŵan pam bod Tom James wedi gwrthod gadal i ddoctor godi'r ddafad oddar ei foch. Fydda hynny wedi ei newid o'n rhywun arall. Ydw i isio newid? Fedra' i newid? Ydi Olwen Angharad a dyrnad o rei tebyg iddi'n iawn a'r rhan fwya o bobol y wlad 'ma'n rong?